U0898414

老舍小传

老舍（1899.2.3—1966.8.24），我国现代文豪，小说家，戏剧作家。原名舒庆春，字舍予，满族，北京人。出身寒苦，自幼丧父，北京师范学校毕业，早年任小学校长、劝学员。1924 年赴英在伦敦大学东方学院教中文，开始写作，连续在《小说月报》上发表长篇小说《老张的哲学》、《赵子曰》、《二马》，成为我国现代长篇小说奠基人之一。归国后先后在齐鲁大学、山东大学任教，同时从事写作，其间代表作有长篇小说《猫城记》、《离婚》、《骆驼祥子》，中篇小说《月牙儿》、《我这一辈子》，短篇小说《微神》、《断魂枪》等。抗日战争爆发后到武汉和重庆组织中华全国文艺界抗敌协会，对内总理会务，对外代表“文协”。创作长篇小说《四世同堂》，并对现代曲艺进行改良。1946 年赴美讲学，四年后回国，主要从事话剧剧本创作，代表作有《龙须沟》、《茶馆》，荣获“人民艺术家”称号，被誉为语言大师。曾任中国文学艺术界联合会副主席、中国作家协会副主席及北京市文联主席。1966 年“文革”初受严重迫害后自沉于太平湖中。

文博士　阳光

老舍　著

舒乙　主编

译林出版社

图书在版编目（CIP）数据

文博士　阳光 / 老舍著. —南京：译林出版社，2012.5
（老舍作品集）
ISBN 978-7-5447-2511-8

I.①文… II.①老… III.①中篇小说 – 小说集 – 中国 – 现代
IV.①I246.5

中国版本图书馆 CIP 数据核字（2011）第 250964 号

文博士　阳光　老　舍 / 著

责任编辑　王兰英
特约编辑　史会美
装帧设计　鹏飞艺术
校　　对　刘文硕
责任印制　贺　伟

出版发行　译林出版社
地　　址　南京市湖南路 1 号 A 楼
邮　　箱　yilin@yilin.com
网　　址　www.yilin.com
市场热线　010-85376701
排　　版　鹏飞艺术
印　　刷　三河市华润印刷有限公司
开　　本　889 毫米 ×1194 毫米　1/32
印　　张　4.875
版　　次　2012 年 5 月第 1 版
印　　次　2024 年 8 月第 2 次印刷
书　　号　ISBN 978-7-5447-2511-8
定　　价　42.00元

目　录

序

作者书社出版部早就约我写篇较长的文章，有种种原因，使我不敢答应。眼看到寒假了，出版部先生的信又来到，附着请帖，约定在香港吃饭。赔上几十块路费也得去呀，交情要紧。继而一想，不赔上路费而也能圆上脸，有没有办法呢？这一想，便中了计。写文章吧，没有旁的可说。答应了。

答应了，写什么呢？我自己也不知道，这可真难倒了英雄好汉。大体上说，长篇总是小说喽，我没有写诗史的本领，对戏剧是超等外行。只能写小说——好坏是另一问题。写什么呢？想了好久，题目决定为《文博士》。是什么呢？不能说，说破就不灵了。内容？还是不能说，没想出来呢，再逼我，要上吊去了。我实在想不出答复来。这不是发牢骚，也不是道歉，这是广告。广告不可骗人过甚，所以我不能说：读完此篇，独得十五万元，也算序。

一九四〇，十二，五，老　舍　于滇上

文 博 士

一

每逢路过南门或西门，看见那破烂的城楼与城墙上的炮眼，文博士就觉得一阵恶心，像由饭菜里吃出个苍蝇来那样。恶心，不是伤心。文博士并不十分热心记着五三惨案。他是觉得这样的破东西不应该老摆在大街上；能修呢，修；不能修呢，干脆拆去！既不修理，又不拆去，这就见出中国的没希望。

中国的所以没希望，第一是因为没有人才，第二是因为有几个人才而国家社会不晓得去拔用。文博士这么想。以他自己说吧，回国已经半年了，还没找到事情作。上海，南京，北平，都跑过了，空费了些路费与带博士头衔的名片，什么也没弄到手。最后，他跑到济南来；一看见破城楼便恶心。

当他初回来的时候，他就知道不能拿中国与美国比，这不仅是原谅中国，也是警告自己不要希望得过高。按理说，他一回来便应得到最高的地位与待遇。倘若能这样，他必定有方法来救救这个落伍的国家；即使自己想不出好主意来，至少他有那一套美国办法可以应用。算算看吧，全国可有多少博士？可有多少在美国住过五年的？这不是明摆着的事？可是，他早就预备好作退一步想，事情不要操之过切，中国是中国；他只希望每月进四五百块钱，慢慢的先对付着，等到羽翼已成，再向顶高的地方飞。他深信自己必能打入社会的最上层去，不过须缓缓的来，由教授或司长之类的地位往上爬，即使爬不上去，也不至于再往下落。志愿要大，步骤要稳，他不敢希望这个社会真能一下子就认清博士的价值。他不便完全看不起中国，因为自己到底得在这里施展本事——往不好听里说，是必须在中国挣饭吃。他想好了，既是得吃中国饭，就得——不管愿意不愿意——同情于这些老人民，承认他们是他的同胞，可怜他们，体谅他们。即使他们不能事事处处按照美国标准来供养他，他也只好将就着，忍受着，先弄个四五百元的事混着。

回来半年了，半年了，竟自没他的事作！他并没因此而稍微怀疑过他自己；他的本事，他的博士学位，不会有什么错儿，不会。那么，错处是在国家与社会，一个瞎了眼的国家，一个不识好歹的社会，他没办法。他，美国博士，不能从下层社会拾个饭碗，抢点饭吃；他必须一坐就坐在楼上。要是他得从扫地挑水作起，何必去上美国得博士？他开始厌恶这个不通情理的社会，处处惹他恶心，那俩城楼就是中国办法的象征。假若不为挣钱吃饭，他真不想再和这个破社会有什么来往！这个社会使他出不来气。

更可气的是，以能力说，他在留学生里也是有头有脸的人物；在留学生里能露两手儿，可是容易的事？哼，到了国内，反倒一天到晚皮鞋擦着土路，愣会找不到个事；他真想狂笑一场了。

在留学期间，他就时时处处留着神，能多交一个朋友便多交一个，为是给将来预备下帮手。见着谁，他也不肯轻易放过，总得表示出：“咱们联合起来，将来回到国内，这是个势力！”对比他钱多，身份高的，他特别的注意，能够于最短期间变成在一块儿嘀咕的朋友。比他身份低的，他也不肯冷淡。他知道这些苦读书的青年都有个光明的将来，他必须拉拔住他们，鼓励他们：“咱们联合起来，一群人的势力必定比一个人的大；捧起一个，咱们大家就都能起来！咱们不愁；想当初，一个寒士中了状元。马上妻财位禄一概俱全。咱们就是当代的状元，地位，事业，都给咱们留着呢；就是那有女儿的富家也应当连人带钱双手捧送过来！不是咱们的希望过高，是理应如此！”这个，即使打不动他们的心，到底大家对他亲密了一些。自然也有几个根本不喜欢听这一套的，可是他也并不和他们红着脸争辩，而心里说：有那么一天，你们会想起我的话来！

这样，贫的富的都以他为中心而联合起来——至少是他自己这么觉得——他越来越相信自己的才力与手腕。有时候宁肯少读些书，他也不肯放弃这种交际与宣传。留学生中彼此有什么一点小的冲突，他总要下工夫去探听，猜测，而后去设法调解。他觉得他是摸住大家的脉路，自己是他们的心房，他给大家以消息，思想，灵感，计划。越来越自信，越来越喜爱这种工作，东边嘀咕嘀咕，西边扫听扫听，有时觉得疲乏，可是心里很痛快。

他不算个不爱读书的人，可是慢慢的他看出来，专指着读书是危险的。有几个专心读书的人，总不肯和他亲近，甚至于不愿和他说话。他觉出来，人不可以成个书呆子；有学问而乖僻，还不如没有多少学问而通达人情世故。人生不应抓住学问，而是应把握住现实，他说。在他所谓的把握住现实之下，事情并不难作：种种代表，种种讲演，种种集会，种种打电报发传单，他都作过了，都很容易，而作得不算不漂亮。因为欣喜自己的作事漂亮，进一步就想到这些事也并不容易，而是自己有本事，在有本事的人手里什么事儿才也不难。

在美国五年——本来预备住四年，因为交际与别种工作，论文交不上，所以延长了一年——他的体态相貌蜕去少年时代的天真与活泼，而慢慢都有了定形，不容易再有多大变化。就是服装也有了一定的风格，至少是在得到博士学位前后不会有什么大的改动。中等的身材，不见得胖，可是骨架很大，显着不甚灵活。方脸：腮，额，都见棱见角，虽然并不瘦。头发很黑很多很低很硬，发旋处老直立着一小股，像个小翅膀；时常用手拍按，用化学的小梳子调整，也按不倒。粗眉，圆眼，鼻子横宽，嘴很厚。见棱见角的方脸，配上这些粗重的口鼻，显着很迟笨。他自己最得意的是脸色，黄白，不暗也不亮，老像刚用热手巾擦完，扑上了点粉那样。这个脸色他带出些书气。

他似乎知道自己不甚体面，所以很注意表情：在听人讲话的时候，他紧紧的拧起那双粗眉，把厚嘴闭严，嘴角用力下垂，表示出非常的郑重，即使人们不喜欢他，也不好意思不跟他一问一答的谈，他既是这么郑重诚挚。轮到他自己开口的时候，他的圆眼会很媚的左右撩动，补充言语所不能传达到的意思或感情。说高了兴，他不是往前凑一凑，便是用那骨骼大且硬的手拉人家一下。说完一句自以为得意的话，他的鼻上纵起些碎折，微微吐出点舌头，“嗬”！迸出些星沫；赶紧用手遮住口，在手后唧唧的笑。他的话即使不是卑鄙无聊，可也没有什么高明的地方；不过，有眼，鼻，口等的帮忙，使人不好意思不听着，仿佛他的专长就是抓住了大家的不好意思。

唯一得意的地方既是淡黄的脸色，所以他的服装很素净，黑的或是深灰的洋服，黑鞋，高白硬领；只有领带稍带些鲜明的纹色，以免装束得像个神学的学生。这样打扮，也可以省些钱，不随着时尚改变风格与色彩，只求干净整齐；他并不是很有钱的人。

在美国住了五年，他真认识了不少人。留学生们你来我去，欢迎与欢送的工作总是他的，他的站台票钱花得比谁都多。他的消息灵通，腿脚勤紧，一得到消息，他就准备上车站。打扮整齐，走得很有力气，脚掌辗地，一辗，身子跟着一挺。脖子不动，目不旁视的一路走去，仿佛大家都在注意他，不好意思往左右看似的。他舍不得钱去坐车，可是赶上给女友送行，就是借点钱，也得买一束鲜花。把人们接来或送走，他又得到许多谈话资料：谁谁是怎个身份，在美国研究什么，在国内接近某方面，将来的工作是什么，他都有详细的报告，而且劝告大家对此人如何的注意。工作，方面，关系，发展，这些字眼老在他的嘴边上，说得纯熟而亲切，仿佛这些留学生的命运都应当由他支配；至少他也像个相士，断定了大家的利钝成败。

当他得到学位，离开美国，到了船上的时候，他看着那茫茫的大海，心中有点难过，一种并非不甜美的难过。无边无际的海水，一浪催着一浪，一直流向天涯。没有一点归宿。他自己呢，五年的努力，得了博士；五年的交际活动，结识了那么多有起色的青年；不虚此行！那在他以前回国的，不啻是为他去开辟道路，只要找到他们，不愁没他的事作；那些还在美国的呢，将来依次的归国，当然和他互通声气，即使不是受他指导与帮助的话。天水茫茫，可是他有了身份，有了办法，所以在满意之中，不好意思的不发一些闲愁，一些诗意的轻叹。

平日，他很能吃；在船上这几天，他吃得更多；吃完，在甲板上一坐，睡觉或是看海，心中非常的平静。摸着脸上新添的肉，他觉得只要自己不希望过高，四五百块钱的事，和带过来几万赔送的夫人，是绝不会落空的。有了事之后，凭他的本事与活动，不久就有些发展也是必然的。

在上海与南京，他确是见了不少的朋友，有的显出相当的客气，有的很冷淡；对于事情，有的乐观，有的悲观，一概没有下落！他的脸又瘦了下去。他可是并不死心，不敢偷懒。到各处去打听朋友们的工作，关系，与将来的发展，他总以为朋友们是各自有了党派系属，所以不肯随便的拉拔他一把；他得抄着根儿，先把路子探清，再下手才能准确。果然，被他打听出不少事儿来，这些事又比在美国读书时所遇到的复杂多了，几乎使他迷乱，不知所从。事情可是始终没希望。

他感觉到南边复杂，于是来到北平；北平是个大学城，至不济他还能谋个教授。这次他是先去打听教育界的党系，关系，联属；打听明白再进行自己的事。跑了不少的路，打听来不少的事，及至来到谋事上，没希望。

失败使他更坚定了信仰——虽然他很善于探听消息，很会把二与二加在一处，到底他还是没打进去；想找到事，他得打进一个团体或党系，死抱住不放，才能成功。博士，学问，本事，几乎都可以搁在一边不管，得先“打进去”！这个社会，凭他几个月的观察来说，是个大泥塘，只管往下陷人，不懂得什么人才，哪叫博士；只有明眼的才能一跳，跳到泥塘里埋藏着的那块石头上；一块一块的找，一步一步的迈，到最后，泥塘的终点有个美的园林。他不能甘心跳下泥塘去，他得找那些石头。

最后，他找出点路子来，指示给他：到济南去。

二

在北平，教授虽无望，文博士总可以拿到几个钟点。他不肯这样零卖。一露面就这么窝窝囊囊，他不干。哪怕是教授的名义，而少拿点钱，倒能行。新回国的博士不能作倒了名誉。名片上，头一行是“美国哲学博士”，第二行必须是中央什么馆或什么局的主任才能镇得住；至少也得是某某大学——顶好是国立的——教授；只是“教员”，绝对拿不出手去。

他硬拒绝了朋友们，决不去教几个钟点。饿死，是社会杀了他；饿不死，他自有方法打进一个门路去，非常的坚决。就凭一位博士，大概一时半会儿也不会饿死吧，虽然社会是这么瞎眼，他心里这样说。

对在美国认识的那些人，他根本不想再拉拢了。不行，这群留学生没本事，没有团结力，甚至于没有义气，他不再指望着他们。他看出来，留学生是学问有余，而办事的能力不足；所以好的呢作个研究员或教授，不好的还赶不上国内大学毕业生的地位。学问是条死路，钻进去便出不来，对谁也没有多大好处。留学生既是多数钻死牛犄角，难怪他们不能打倒老的势力，取而代之。他自己要想有发展的话，得舍弃这群书呆子，而打进老势力圈去；打进去，再徐图抽梁换柱，自己独树一帜。哪怕先去作私人的秘书，或教个家馆呢，只要人头儿是那么回事，他必有不鸣则已，一鸣惊人的那一天。既不能马上出人头地，那么去养精蓄锐先韬晦两年，也是办法；至少比教几个钟点，去赶上堂铃强。

拿定了这个主意，他投奔了焦委员去。焦委员的名片上没有印着什么官衔，因为专是委员一项已经够印满两面的，很难匀出地方把一切职衔全印进去，所以根本不印，既省事，又大气。由他这一堆委员，就可以知道他的势力之大与方面之多了。这在文博士看起来，是个理想的人物。拿着介绍信，文博士去了三趟，才见着焦委员。

焦委员没看那封介绍信，只懒洋洋的打量了文博士一番，而后看明白名片上印得是“美国哲学博士”；这就够了。他简截的把文博士放在“新留学生”的类下。焦委员的心中有许多小格，每一小格收藏着一些卡片成为一类：旧官僚，新官僚，旧军阀，新军阀，西医，中医，旧留学生，新留学生……农学工商，三教九流，都各据一格。三眼两眼，把人的“类”认清，他闭上眼，把心中的小格拉开几个，像电池上接线似的彼此碰一碰，碰合了适，他便有了主意。

对“新留学生”，他现在有很好的办法。这就是说，在政府里，党部里，慈善团体里，学术机关里，他已都有了相当的布置。现在，他想吸收农商。他比谁都更清楚：钱在哪儿，势力也在哪儿。国内最有钱的人，自然不是作官的，就是军阀；对这两类人，他已有了很深的关系，即使不能全听他指挥，可是总不会和他冲突，或妨碍他的事业。其次有钱的是商人，商人有许多地方不如作官的与军阀可靠，但是钱会说话，商人近来也懂得张张嘴，这是值得注意的。商人的钱忽聚忽散，远不如文武大官的势力那么持久稳固，可是每逢大商人一倒，必有些人发财：公司的老板塌台的时候，就是管事人阔起来的时候，这非常的准确。他得分派些人去给大商人作顾问，作经理，好等着机会把钱换了手。再说，商与官本来相通，历来富商都想给子孙在宦途上预备个前程，至少也愿把姑娘们嫁给官宦之家，或读书的人，以便给家庭一些气派与声势。至于那些老派的商人，财力虽不大，可是较比新兴的商人可靠：他们历代相传的作一种生意，如药材，茶叶，粮米等行，字号老，手法稳，有的二三百年，一脉相传，没有突然的猛进，也没有忽然失败到底的危险。这样的商家，在社会上早已打进绅士的阶级，即使财力欠着雄厚，可是字号声望摆在那里，像商会的会长，各种会议中的商界代表，总是落在他们身上。他们家的子孙能受高等教育，他们家的女子也嫁给有些身份的人。他们不但是个势力，而且是个很持久的势力。在公众事业上，他们的姓名几乎老与官宦军阀名流齐列。焦委员想供给一些青年，备他们的选择，好把他自己的势力与他们的联成一气。

富农，在国内本就不多，现在就更少了。一县中，就是在最富庶的省分里，要想找到一两家衬几十万的就很难了，农已不是发财之道。那在全省里数得着的几家，有的能够上百万之富，虽然还不能和官宦与军阀们相抗，可是已经算麟角凤毛了。不过，就是这等人家，也不是专靠着种地发的财；有的是早年流落在初开辟的都市，像上海与青岛等处，几块钱买到的地皮，慢慢变得值了几千几万，他们便成了财主。有的是用地产作基础，而在都市里另想了发财的方法，所以农村虽然破产，他们还能保持住相当的财富。这些，在名义上还是乡间的富豪，事实上已经住在——至少是家族的一部分——都市里，渐渐变成遥领佃租的地主。“拿”这些人，根本无须到乡间去，而只须在都市抓住他们；即使这些人在都市的事业有了动摇，他们在乡间的房子地亩还不会连根儿烂；所以，在都市里抓住他们，就可以把血脉通到乡间去，慢慢也扎住了根，这是种摘瓜而仍留着秧儿的办法，即使没有多大好处，至少在初秋还能收一拨儿小瓜，腌腌吃也是好的。

焦委员的办法便是打发新留学生们深入这些商家与农家去。拜盟兄弟，认干儿子，据他看，都有些落伍了，知识阶级的人们不好意思再玩这一套。而且从实质上说呢，这些远不如联姻的可靠。只有给他们一位快婿，才能拿稳了他们的金钱与势力。从新留学生这一方面看起呢，既是新回来的，当然对作事没有多少经验，不能把重大的责任付托给他们。况且政治上的势力又是那么四分五裂，各据一方，找个地位好不容易。至于学问，留学生中不是没有好手，可是中庸的人才总居多数；而且呢，真正的好手，学术机关自会抢先的收罗了去，也未必到焦宅门口来；来求他的，反之，未必是好手。那么，这些无经验，难于安置，又没多大学问的新博士与硕士们，顶好是当新姑爷。他们至少是年轻，会穿洋服，有个学位；别的不容易，当女婿总够格儿了。自然有的人连这点事儿也办不了，焦委员只好放弃了他们，他没那个精神，也没那个工夫，一天到晚用手领着他们。这一半是为焦委员造势力，一半也是为他们自己找出路，况且实际上他们的便宜大，因为无论怎样他们先得个有钱的太太，焦委员总不会享到这个福，他既是六十开外的人了。

这个办法，在焦委员口中叫作“另辟途径”。被派去联络富商的名为“振兴实业”，联络都市里的富农的是“到民间去”。他派文博士到济南去，那里的振兴实业与到民间去的工作都需要人。他给了文博士一张名单，并没有介绍信，意思是这些人都晓得焦委员，只须提他一声就行了。其余的事，也并没有清楚的指示与说明，只告诉文博士到济南可以住在齐鲁文化学会。焦委员很懒得说话，这点交派仿佛不是说出来的，而是用较强的呼气徐徐吐给文博士的。他的安恬冷静的神气可是教文博士理会到：他的话都有分量，可靠，带出来“照办呢，自有好处；不愿意呢，拉倒，我还有许多人可以差派！”文博士也看出来，他不必再请示什么，顶好是依着焦委员所指出的路子去作；怎么作，全凭自己的本事与机警；焦委员是提拔人才，不是在这儿训练护士，非事事都嘱咐好了不可。这点了解，使他更加钦佩这个老人，他觉得这个老人才真是明白中国的社会情形，真知道怎样把人才安置在适当的地方；他自己是个生手，所以派他去开辟，去创造，这不仅是爱护后起的人才，而且是敬重人才，使人有自由运动用才力的机会与胆量。最可佩服的还是焦委员那点关于联姻的暗示，正与自己在美国时所宣传的相合：当代的状元理应受富人们的供养与信托。他的圆眼发了光，心中这么想：先来个带着十万的夫人，岂不一切都有了基础？满打自己真是块废物——怎能呢——大概也不必很为生计发愁了。把这些日子的牢骚一齐扫光，他上了济南。

齐鲁文化学会很不容易找，可是到底被他找到了，在大明湖岸上一个小巷里。找到了，他的牢骚登时回来一半。一个小门，影壁上挤着一排宽窄长短不同，颜色不同，字体不同的木牌：劳工代笔处，明湖西洋绘画研究社，知音国剧社，齐鲁文化学会……他进去在院中绕了一圈，没人招呼他一声。一共有十来间屋子，包着一个小院，屋子都很破，院子里很潮很脏，除了墙角儿长着一棵红鸡冠花，别无任何鲜明的色彩。又绕了一圈，他找到了"学会"，是在一进门的三间南房。一个单间作为传达室，两间打通的是会所；都有木牌，可是白粉写的字早已被雨水冲去多一半了。他敲了敲传达室的门，里面先打了声哈欠，而后很低很硬的问："干煞?"

文博士不由的挂了气："出来!"

屋里的人又打了个哈欠，一种深长忧愁的哈欠。很慢的，门开了，一个瘦长的大汉，敞着怀，低着头，走出来。出了门，一抬头，一个瘦长的脸，微张着点嘴，向文博士不住的眨巴眼。

"会里有人没有?"

文博士虽然是四川人，可是很自傲自己的官话讲得漂亮；一个北方人要是听不懂他的话，他以为是故意的羞辱他。他重了一句："会里有人没有?"

"俺说不上!"大个子仿佛还是没听懂而假充懂了的样子，语音里也带出不愿意再伺候的意思。

"你是干吗的?"

"俺也知不道!"

"这不是齐鲁文化学会，焦委员——"

"啊，焦老爷?"大个子忽然似乎全明白了。急忙进去，找着会所的钥匙，去开门；嘴里露出很长的牙，笑着，念道着"焦老爷"，顺手把钮扣扣上。

屋里顺墙放着一份铺板；中间放着一张方桌，桌上铺着块白布，花纹是茶碗印儿和墨点子；上面摆着一个五寸见方的铜墨盒，一个铜笔架，四个茶碗，一把小罐子似的白瓷茶壶。桌旁有两把椅子。铺板的对面有个小书架，放着些信封信纸，印色盒，与一落儿黄旧的报纸。东西只有这些，可是潮气十分充足。大个子进去就把茶壶提了起来："倒壶水喝，焦老爷?"

"我不是焦委员，我是焦委员派了来的!"文博士堵着鼻子说。

"嗯，那咱就说不上了!"大个子把茶壶又放下了，很失望来的不是焦老爷。

文博士看出来。这个大汉除了焦老爷，是一概不晓得。他得另想方法，至少得找到个懂点事儿的："除去你，还有别人没有?"他一字一字的说，怕是大汉又听不懂。

"俺自己呀，还吃不饱；鱼子他妈在乡下哪!粮贵，不敢都上来!"大个子的话来得方便一些了，而且带着一些感情在里边。

“我问你，‘会’里还有别人没有？”文博士的鼻子上见了点汗。

“那，说不上呢！”

“你是干吗的，到底？”

“俺？”大个子想了会儿：“不能说！”

文博士也想了会儿，掏出块钱来：“拿去。告诉你，焦委员派我来的，我就住在这儿，都属我管，明白？”

大个子嘻嘻了几声，把钱拿起去，说了实话：会里的事归一个姓唐的管；唐老爷名叫什么？知不道。原先的当差的姓崔，崔三，是大个子的乡亲。崔三每月拿八块钱工钱。前四个月吧，崔三又在别处找到了事，教大个子来顶替着，他们是乡亲呀。大个子每月到唐老爷那里去领八块钱工钱，两块钱杂费，一共十块。崔三要五块，大个子拿四块，还有一块为点灯买水什么的用。崔三说，五块并不能都落在他手里，因为到三节总得给唐老爷送点像样的礼物去，好堵住他的嘴。崔三嘱咐过大个子，这些事就是别教焦老爷知道了。“俺姓楚哇，四块钱，还得给家捎点去，够吃的！”大个子结束了他的报告，叹了口气。别的事，他都不知道；唐老爷也许知道？说不上。

三

“倒壶水喝？”老楚没的可说了，又想起这句唯一的客气话。看文博士没言语，他提起大瓷壶走出去。

文博士坐在桌旁，对着那个大而无当的铜墨盒发愣。一股悲酸从心中走到眼上，但是不好意思落泪。猛然立起来，把门窗全打开，他吐了口气。看看自己，看看屋中，再看看院里，他低声的冷笑起来。顺着壁纸上一块墨痕，他想起海中的一个小荒岛，没有树木，没有鸟兽，只是那么一堆顽石孤立在大海中。他自己现在便是个荒岛。四五个月前从美国开船，自己是何等的心胸与希望，现在……学位，学问，青年，志愿，哼，原来这个社会就这样冷酷，正像那无情的海洋，终久是把那小岛打没了痕迹！

但是，怨恨有什么用呢！他拍了拍胸口，干！既然抓住了焦委员，就要作下去，焉知这不是焦委员故意试探他呢？伟人是由奋斗中熬出来的！一个博士本来应当享现成的荣华富贵，可是谁教自己这个博士是来到这么个社会中呢，鲜花插在粪堆上；好吧，干干看吧，尽人事听天命，没有道理可讲，没有！

掏出袖珍日记来，用钢笔开了几项，一，电焦委员；二，访唐先生；三，筹款。写完了，他啼笑皆非的点了点头。是的，焦委员派上这儿来，咱就来了；不但来了，还给他个电报："托庇安抵济，寓文化学会，工作情形，随时奉闻，文志强叩。"漂亮！

访唐先生这项，大概不会有什么用，不过，碰碰看，多少也许探听出点消息来，至少唐先生对济南的情形一定熟悉。不希望在这项中找到什么，不过是一种带手的事，得点什么有用的知识更好，白跑一趟也算不了什么；虽然博士而可以白跑腿是件说不通的事，又有什么法儿呢，在这个社会里！

第三项最难堪。手里没有多少钱了。打电向家里要，即使不算丢人，可是缓不济急。自己的工作是顶着焦委员的名去和阔人们交往，大概不能坐人力车去吧？总得租部汽车；济南的汽车当然没有上海那么方便公道。即使汽车没有必要，请客总是免不掉的。要专是吃顿饭还好办，既是富豪们，说不定还要闹酒，叫条子，这可就没有限制了！低级，瞎闹，这些事；可是社会是这样的社会，谁能去单人匹马的改造呢？先不问这合理不合理吧，既来之则安之，干什么说什么。钱在哪儿呢？去借，没有地方；即使打听到此地有熟人，也不能一见面就开口借钱，不能；被人家传说出去，文博士到处求爷爷告奶奶，那才好听！

想到这里，他真要转回北平或上海去，教几点钟书，作个洋行的办事员，都好吧，总比这个罪好受！这完全是扎空枪，扎不着什么，大概连枪也得丢了！可是，不入虎穴，焉得虎子；置之死地而后生才是英雄啊！

没法子决定，他很想去占一课，或相相面，自己没法打主意了。可笑，一个美国博士去算卦相面；可是似乎只有这样才能决定一切。生命既不按着正轨走，有博士学位的并不能一帆风顺的有合适的工作与报酬，那么用占课相面来决定去取，也就无所不可了；盲目的社会才有迷信的博士，哼！

老楚打来一壶开水，并没擦擦或涮涮碗，给文博士满满的倒了一杯，两个极黑的手指捏着杯沿，放在博士的面前，水上浮着个很古老的茶叶棍儿。

"老楚，"文博士不敢再看那杯开水，从袋中掏出张行李票来："上车站取行李，会不会？"

“说不上呢！”

“好！”文博士猛的立起来。“打扫打扫这两间屋子会不会？说得上说不上？”

“没箬帚簸箕耶！”

“嘿！”文博士像忽然被什么毒虫叮了一口似的，蹿了出去。跑到门口，他又猛的一收步，像在体育馆里打篮球那种收步的样式：“老楚！老楚！唐先生在哪儿住？”

老楚一点也没着急，无精打采的走出来：“啥？啊，唐老爷，俺领你去。俺认识那个地方；地名，说不上！不是给钱的那个唐老爷？是呀，地名说不上呢！”

文博士一声没再出，一边走一边心中转着这句话：这就是你们中国人！这就是你们中国人！好像是初学戏的小孩那样翻来覆去的念道一句戏词。出门不远，看见了些水，他不知道那是大明湖；水挡住去路，他就向南走去；好歹的撞吧，不愿和中国人们打听地方，中国人！再说，在美国纽约、芝加哥那么大的地方，都没走迷了过，何况这小小的济南，不打听。果然，不大会儿，被他找到了院西大街。街上没有高楼，没有先施公司那样的大铺户，没有鲜明惹人注意的广告牌与货物，没有秩序。车挤着车，人挤着人，只见各种的车轮，各种的鞋，在那窄小的街上乱动乱挤，像些不规则的军队拔营似的，连声响都没有一定的律动。那些老式的铺户，在大路两旁呆呆的立着，好似专为接受街上的灰尘，别无作用。这种杂乱而又呆死的气象，使人烦躁，失望，迷乱，文博士没心去看什么，只像逃难似的在车马行人的间隙里挤，小车子木轮吱吱的响声，教他头疼。只看了西门一眼，他觉得恶心。

来到西门大街的桥上，看着那道清浅急流的河，他心中稍微安静了一些。河不算窄，清凉的水活泼泼的往北流，把那些极厚极绿的水藻冲得像一束束的绿带，油汪汪的，尖端随着水流翻上翻下，有时激起些小的白水花。四面八方全是那么拥挤污浊，中间流着这道清水，桥上的空气使人忽然觉得凉了许多，心中忽然镇静一下，像嘈杂胡乱的梦中，忽然看见一道光亮，文博士舍不得再走了。在桥边立了会儿，他感到一种渺茫的悲哀，一种冷静的不平。他以为这条水似乎不应在这个环境中流荡，正如同自己不应当在这个破桥上立着。立了一会儿，因为猜想河水的来源，他想起趵突泉来。是的，这或者就是由趵突泉流出来的；也想起，刚才由会里出来的时候所看见的那片水或者就是大明湖。这两个名胜，他都听人提到过。刚才没顾得看湖，现在先看看这个名泉吧。

三绕两绕，他绕到了趵突泉，中国称得起地大物博，泉水太好了！他立在泉池上这样赞美。三个大泉，有海碗那么粗细，一停也不停的向上翻冒，激动得半池的清水都荡漾波动，水藻随着上下起伏，散碎的荡成一池绿影。池边还有多少多少小泉，静静的喷吐一串串的小珠，雪白，直挺，一直挺到水面；有的走到半路，倾斜下去，可也滚到水面，像斜放着一条水银柱；有的走到半路，徘徊了一下，等着旁边另一串较小的水珠，一同上来，一大一细，一先一后，都把水珠送至水面，散成无数小泡，寂寂的，委婉的，消散。耳听着大泉的喷吐震荡，目看着小泉的递送起灭，文博士暂时忘了一切，仿佛不知自己是在哪里了。忽然闻到一股大葱味，一回头，好几个乡下大汉立在他身后，张着嘴，也在这儿看泉水。文博士刚忘了一切，马上又想起天大的烦恼。中国人，都是你们中国人！中国够多么富，多么好；看这个泉，在美国也没有看见过；再看这些人，多么蠢，多么臭；中国都坏在中国人手里！他舍不得这片水，但是不能再与这群人立在一块儿看。他恨不能用根棍子把他们都打开，他可以自在的欣赏一会儿。

离开池畔，他简直不愿再看任何东西。那些贱劣的东洋玩具，瓷器，布匹，围具；那些小脚，汗湿透了蓝布褂子的臭女人们，那些张着嘴放葱味的黄牙男子们，那些鸡鸡嘹嘹的左嗓子歌女们，那些红着脸乱喊的小贩们！他想一步迈出去，永远不再来，这不是名胜，这是丢人！

走过吕祖殿，大树下一个卦桌，坐着位很干净秀气的道士，道袍虽旧，青缎道冠可是很新，在树阴下还微微的发着点光。文博士并不想注意这个道士，可是在这些脏臭的人们中挤了这半天，忽然看见这么个干净的人，这么好看的一顶帽子，好像是个极新鲜，极难遇到的事，他不由的多看了道士一眼。道士微微的对他一笑。文博士想起来算卦。但是不好意思过去，准知道他要是一立在卦桌前，马上必定被那些大葱国民给围上。他又真想占一卦，这个道士可爱，迷信不迷信吧，大概占课有相当的灵验。他低下头，决定还是不迷信，打算从卦桌前没事似的走过去。看见卦桌上垂着的蓝布桌裙，他的心跳得快了一些，由迷信与不迷信的争战，转而感到这个臭社会不给人半点自由，想占一课——直当是闹着玩——也得被人们围得风雨不透。正这么想，他听到："这位先生——"语声很清亮好听，可是他不敢抬头，这必是道士招呼他呢。"婚姻动，谋事有成。应验了请再来谈！"他听明白了这些，觉得有点对不起道士，可是脚底下加了速度。

走出趵突泉，他心中痛快了一些，几乎觉得中国人也并不完全讨厌，那个道士便很可爱。道士的话就更可爱。即使是江湖上的生意口吧，反正他既吃这一行，当然有些经验，总有几分可靠。中国的老事儿有许多是合乎科学原理的，不过是没有整本大套的以科学始，以科学终而已。再说呢，他所需要的也不过是这两句话——婚姻动，谋事有成——居然没花卦礼而白白的得到，行，这个道士！这两句话是种鼓励，刺激，即使不灵验也没大关系，文博士需要些鼓励；况且道士的话还有灵验的可能呢！

他发了两个电报：向焦委员报告，和向家里要钱。

到车站取了行李，拉回会所，差不多已是六点钟了。吃饭，又成问题。老楚不会作饭，他每天只在街上买点锅饼，大葱，与咸菜，并不起灶。文博士把行李放在铺板上，没心程去打开，也打不起精神再出去吃饭，呆呆的坐在椅子上。

“老爷，”老楚在门外叫，“买个洋灯吧？”

博士没回答。

四

正是初秋的天气，济南特别的晴美，干爽；半天的晚霞，照红了千佛山。文博士在屋中生着闷气；一阵阵的微风将窗纸上的小孔当作了笛，院中还有些虫声，他不能再坐下去。出来，看着天上的晴霞，听着墙角的虫声，脸上觉到那微凉的晚风，心中舒服了一些；下午出去的时候，还觉得有点热；现在，洋服正合适。是的，中国都好，自己也没错儿，就是那群中国人没希望，老楚是他们的代表！这么好的天气，这么大的博士，就会凑在这个破院子里，有什么法子呢？再看屋里，没有洋式的玻璃窗，没有地板，没有电灯，没有钢丝的床，怎能度过一夜呢，还不用说要长久住在这里！

想来想去，想不出办法，只好教老楚去买煤油灯，还得买点石灰面洒在墙根去了潮湿。自己呢，还是得出去吃饭，没有别的方法。嘱咐好了老楚，他又顺着下午所走的路去找饭馆。路上看见好几个饭馆，不是太大，便是太小；那些小的，根本不能进去，大的，可以进去，可是钱又不允许。最后，他找到一家小番菜馆，门口竖着个木牌，晚餐才八角大洋。他觉得这个还合适。馆子里一个饭客也没有，一个穿着灰白大衫的摆台的见他进来仿佛吓了一跳。桌上的台布与摆台人的衫子同色，铺中一股潮气，绝无人声。文博士的眉又拧在了一起，准知道要坏；在中国似乎应当根本不必希望什么。没看菜单，他只说了声：一份八角的。

刀叉等摆上来：盘子毛边，刀子没刃，叉子拧股着。面包的片儿不小，可是颜色发灰，像刚要冻上的豆腐；一摊儿极小的黄油，要化又不好意思化，在碟心上爬着。文博士的心揪成个小疙疸。等了半天，牛尾汤上来了。真是牛尾，不过有点像风干过的，焦边，锈里儿，汤上起着一层白沫。文博士尝了一口，咸得杀口，没有别的好处。勉强又呷了一口，他等着下面的菜。猪排是头一个菜，文博士用刀切了半天，他越上劲，猪排也越抵抗，刀子是决不卖力气。切巴了一阵，文博士承认了失败，只捡起两个小干核桃似的地蛋吃了。

下面的菜都和猪排一样的富有抵抗力，文博士的悲观是由肚子起一直达到心中；这就是中国人作的西餐！末了，上来一杯咖啡，颜色颇够得上红茶，味道可还赶不上白开水。文博士一言没发，付了钱，走出去。街上的灯光不少，风更凉了一些，车马行人还和白天一样的乱挤。他肚中寡寡劳劳，在灯光下，晚风中，几乎忘了自己是谁，只觉得生命是一团委屈与冤枉。走回大明湖去，他在湖边上立了一会儿。秋星很明，湖上可很黑，游艇静静的挤在一处，蒲苇与残荷随风放出些清香。他深深的吸了口气，扶着棵老柳往远处看，看不见什么，只有树影星光含着一片悲意。

回到学会，他几乎以为是走错了地方：各屋中，连院中，都是人。锣鼓响着，剧社正在排演；说笑争吵，画社正在研究讨论；还有许多人，不知是干什么的，可是都有说有笑；满院是人声，到处是烟气；屋子都开着门窗，灯光射到院里，天上很黑，仿佛是夜间海上一个破旧而很亮的船，船上载着些醉鬼。只有文博士的屋里没有灯光，好像要藏躲开似的。他叫老楚开门，老楚不知哪儿去了。等了半天，老楚由外面走进来，右手提着两把水壶，左手提着大小五六个报纸包儿。把水壶与纸包分送到各屋里去，他很抱歉似的忙着来开门。老楚先进去把灯点上，文博士极不愿进去，而不得不进去。屋里新洒上的石灰面和潮气裹在一处，闻着很像清洁运动期间内的公众厕所。

“倒壶水喝？”老楚格外的和气，长瘦脸上还挂了些笑容。见文博士没理他，他搭讪着说："见了唐老爷，别说呀！俺给这行子人买东西，"他指了指院中，"他们说，到节下赏赏，上回五月节，他们都忘记了咱，俺也没说什么。去买东西，俺挡不住赚一个半个的；不够吃的！给老爷买东西，赚一个板就是屌？他们，"他又指了指外边，"都是有钱的，那唱唱儿的，那画画儿的，五毛一筒的烟，一晚上就是四五筒！俺赚他们一个半个的，不多，一个半个的；鱼子他妈还捎信来要棉裤呢！"

文博士没工夫听老楚的话，更没心同情他。指了指行李，他叫老楚帮助打开。只有一条褥，一床毛毯，他摸了摸，隔着褥子还感觉到铺板的硬棒，衣箱暂放在桌子上，把书架清楚了一下，预备放洋服裤子，和刮脸的刀与刷子什么的。

屋中的味道，院中的吵闹，铺板的硬棒，心中的委屈，都凑在一处，产生了失眠。他奔跑了半日，已觉得很累，可是只一劲的打哈欠，眼睛闭不牢。他不愿再想什么，只求硬挺一夜，明天或者便有较好的办法与希望，可是他睡不着。一直到十二点钟，院中的人才慢慢散去，耳边清静了一些，床板的硬棒便更显明，他觉得像一条被弃的尸首，还有口气儿，可是一点能力没有，只能对着黑暗自怜自叹。邻院的钟敲了两点，他还清清楚楚的听到，沉重，缓慢，很严重的一下两下杀死一段时间，引起多少烦恼！他把毯子蒙严了头，没有听到打三点。

第二天一清早，街上卖馓子麻花的把他喊醒。猛一睁眼，屋中的破烂不堪好像一闪似的都挤入他的眼中，紧跟着他觉到脊背与脖子已联成一气，像块从来不会屈转活动的木板，他又忍了半天，不能再睡，街上不知道为什么这么多卖馓子麻花的，也不知道为什么都一个腔调急里蹦跳的喊，这群中国人！没法子，他只好起来吧。起来又怎样呢？这一天，似乎比昨天还坏，还渺茫，没有一件事是确定的，有希望的。往最小的事上说，他没法得到一杯热的咖啡或红茶，一两片焦黄的吐司。他硬把自己曳了起来，仿佛曳起一大块没什么用的木头。

找出由美国带回来的皮拖鞋与红地黑花的浴衫，他到院中活动活动，满院的梨核苹果皮，已招来不少勤苦的蚂蚁，他找了块较比干净的地方，行了几下深呼吸，脖子渐渐的活软过来。他很想洗个热澡。还记得昨天路过一个澡堂。不想去，洗不惯公众浴池。再一想呢，大概还是非去不可，这个地方决不会忽然有了沐浴的设备。他又冷笑开了，看吧，自己总会不久就得变成个纯粹中国人，不然便没法儿活下去。适应环境，博士得变成老楚，才有办法，哈哈！他笑出了声，很响，几乎使自己有点害了怕。

老楚不知为什么忽然能这样惊醒，居然听见了这个笑声，一翻身爬起来，登上衣裤，走出来，预备好操作一切："倒壶水喝？"

文博士笑得更加了劲。他觉得老楚很像个鸡，或狗，一爬起来便能作事，用不着梳洗沐浴，也根本没一点迟累；是的，打算在中国活着得不要一点文化，完全反归自然。老楚跟野人差不多！他得跟老楚学，什么学位，卫生，一切不相干，这是中国，这么一想，他由轻视中国转而觉得自己太好挑剔了，太文明了，中国用不着他这么文明的人："好吧，老楚，打两壶水去，两壶！"

不洗澡了，权且用两壶水对付着擦擦身上，刮刮脸。脸还是要刮的，到野蛮之路也得慢慢的走呀，哈哈！

耗到九点多钟，文博士想教老楚领路，去访唐先生。刚要喊老楚，老楚进来了，举着张名片："唐老爷！"他的脸上白了一些："别向他讲呀，俺给他们买东西！"

文博士看了看那张名片，除了唐孝诚三个较大的字外，还有许许多多小字，一时几乎不能看清。他正了正领带，迎出来。唐先生似乎早已拱好了手等着呢，一见文博士出来便连连上下左右摆动，显出十二分虚假而亲热。他有五十多岁，矮矮的身量，长长的脸，眉眼似乎永远包陷在笑纹之中；光嘴巴，露着很长的门牙，也在发笑。虽是初秋，他的身上可已经很圆满，夹袍马褂成套，下面穿着很肥阔的夹套裤，裤脚系着很宽的绸带。衣服都是很好的丝织品，可是花样很老，裁法很旧，全像是为从箱中拿出来晒一晒，而暂时以唐先生作衣裳架子。

唐先生一定不肯先进屋门，再三再四的伸手，拱手，弯腰，点头，而且声明他是地主，文博士是客。他已经觉得十分对不起，没能早些过来请安，仿佛文博士的行动他都知道似的。让了半天，唐先生得到胜利，斜着身随文博士进来。刚到桌旁，唐先生从桌上拿起自己的名片，重新双手递过去。文博士连忙把自己的名片找出来，递过去。唐先生接过去，举到鼻子附近，预备看官衔的小字；一目了然，只有美国哲学博士一项，他的脸马上把笑纹都收回去，随便的把它放在桌上。文博士看了出来这个变化："唐先生，请坐！"

"不客气吧，""吧"字显着多余而不好听。

文博士的心里并没把唐先生放得很高，他看唐先生也不过是比老楚多着一套不合样的衣裳与不必需的礼貌而已。讲到对付上，或者唐先生还是容易拿住的那一个，因为唐先生到底有一套玩艺，老楚根本是个光眼子，像刚出水的鱼，什么也没有，只是光出溜的一条。他决定把唐先生拿下马来。唐先生有一套落伍的衣裳礼貌与思想，文博士有一套新从美国运回的衣裳礼貌与思想，这是个战争，看谁能战胜。文博士决不退让。他要出奇制胜，用西洋人的直率勇敢袭击唐先生的礼多人不怪。他猛然的把自己的名片抓起来，随着一声不很好听的笑："我全凭着这个博士！美国总统的荣誉还赶不上个博士。博士就是状元，我想你应当知道这个。有博士在我的片子上，我就有了一切的资格，唐先生!"

唐先生脸上的笑纹又都回来了，他觉得自己的确有点太猛撞；他决不佩服西洋博士的学问，可是他深知颜惠庆总长与顾维钧公使就都是博士，这点不假。凭自己的老练与圆滑，今天会闹个没脸，他心中有点难过；可是他并不慌乱，知道自己一定会把僵局打开，特别是吃了"博士"的钉子，转过弯来决不算丢人。他又拱了拱手：

"文博士，你不能住在这里，这要教焦委员知道了，我吃不住。舍下还相当的宽绰，那个，那个，老楚!"意思是命令他马上搬走文博士的东西。

文博士的脸上照旧很严重，可是心里乐了一下。看，这家伙的弯子转得多么快，多么利落；这样的中国人虽然没有任何价值，可还倒有趣好玩。

"不，我这里很好，"文博士拦住了唐先生，"刚由美国回来，我愿意多吸收一些中国社会情形，多接近民间；也可以说关心民瘼吧!"

“那么，请签个字，回来兄弟派人送点——”唐先生想供给状元是上算的事，况且钱又不是他的。

“不，我已经打电到家中要一点——舍下也还倒过得去！”文博士一点也不示弱。

“赏个面子，文博士！暂收二百吧！”唐先生紧紧的拱手：“学会里每月有各处的补助，凑在一处也有三百来的块。月间，由兄弟凑齐汇交焦委员，焦委员可是吩咐过，由他那儿来的先生们可以支用。我这回不等请示，硬作了主意，老兄，博士赏脸。我们都是前缘，博士千山万水的回来，会在济南遇到一处，前缘！”

“那么，我就——”文博士掏出名片，写上暂借二百元。

五

拿到二百块钱，文博士痛快了些。回国来几个月了，这是第一次胜利。他一点也不感谢唐先生，唐先生不过是他手下的败将；说不定再玩一两个小手段，也许就把焦委员所托给唐先生的事全都拿过来：新状元总得战败老秀才，不管唐先生中过秀才没有。

心中痛快了一些，事事就都有了办法——英雄的所以能从容不迫，都因为处处顺心。文博士到上海银行开了户活账，先存入一百五，要了本英文的支票，取钱凭签字——在印鉴簿子上签了个很美而花哨的字，看起来颇像个洋人的名字。

把支票本放在袋中，身上忽然觉得轻松了些，脚步自然的往高了抬。在街上转了会儿，他觉得不能再回文化学会去，永远不能再回去，那不是人住的地方。

他找到了青年会。好吧，就是青年会吧。宿舍里的一间屋子每月才二十多块钱，连住带吃都有了。再说，还能洗澡，理发，有报纸看，虽然寒伧一点，到底比学会里强过许多倍了。他不喜欢宗教，可是青年会宿舍是个买卖，管它什么宗教不宗教呢！

交了一月的租金与饭费，马上把行李搬了来，连正眼看老楚一眼也没顾得；希望永远不再和老楚见面，就是他将来能把唐先生的事都接过来的话，头一件事是把老楚开了刀，对那样的中国人用不着什么客气。不要说国内现在只有这么几位博士，就是有朝一日，四万万人里有两万万位博士，而那两万万都是老楚，也是照样的没办法！老楚这样的人会把博士都活活的气死！

文博士把屋中安置好，由箱底上把由美国带回来的紫地白字的“级旗”找出来，钉在墙上；旗子斜钉着，下面又配上两张在美国照的像片端详了一番，心中觉得稍微宽舒了点。吃了顿西餐。洗了洗澡，睡了个大觉，睡得很舒服，连个梦都没作。

睡醒了，穿好了洋服，心中有点怪不得劲。袋中有几十块钱，仿佛不开销一点就对不起谁似的。想了想，他应当回拜唐先生去。由这件事往开销点钱上想，想到至少得去买条新领带；作衣裳还得暂缓一缓。很快活的立起来；把该洗的汗衫交给仆人；脚上拿着劲，浑厚稳重的下了楼。一出门，洋车夫们捏喇叭的捏喇叭，按铃的按铃，都喊着“拉去擘！”说得轻佻下贱。有的把车拉过来，拦住他；有的上来揪了他一把，黑泥条似的手抓在洋服上。这群中国人！文博士用他骨胳大且硬的手，冷不防的推了一把，几乎把那个车夫推了个趔趄。车夫哽了一声。其余的都笑起来，一种蠢陋愚顽的笑。笑完了，几乎大家是一齐的说：“拉去擘！”这是故意的嘲弄。博士瞪了他们一眼，大家回到原处，零落不齐的叫：“两毛钱擘！看着办擘！……”他的脑中忽然像空了一小块，什么也想不出，只干辣辣的想去抓过几个来，杀了！太讨厌了！正在这个当儿，门内又出来两位，打扮得很平常，嘴里都叼着根牙签，刚在食堂用过饭。有一两个车夫要往前去迎，别的车夫拦住了他们：“有汽车！有汽车！”果然，外边汽车响了喇叭。文博士几乎是和他俩并着肩儿出来的，人家慢条斯礼的上了汽车，往车背上一斜，嘴中还叼着牙签。文博士在汽车卷起来的土中点了点头，大丈夫应当坐汽车；在中国而不坐汽车，连拉车的都会欺侮人！中国人地道的欺软怕硬，拿汽车愣轧他们，没错！博士的手不由的动了一动，似乎是扭转机轮，向前硬轧的表示。

算了吧，不去买领带了。终日在地上走着，没有汽车，带上条新领带又算哪一出呢？刚才那俩坐汽车的并不怎么打扮，到底……领带……哼！

唐先生住在南关的一个小巷里。胡同很小，可是很复杂。大门也有，小门也有；有卖水的小棚，有卖杂货的小铺；具体而微的一条小街，带出济南小巷的特色。唐宅的门很大，可是不威武，因为济南没有北平住宅那样的体面的门楼。文博士叫了半天，门内出来位青年人，个子很大，浑身很懈松；脸上有肉，也不瓷实；戴着眼镜，皱着眉；神气像是对某件事很严重的思索着，而对其他的一切都很马虎。接过文博士的名片，看了看：“啊，啊。”啊完了，抬头看着天，似乎又想起那某件事，而把眼前的客人忘记了。听到文博士问：“唐先生在家?”他忽然笑了，笑得很亲热：“在家。”说完，又没有了动作。仿佛是初入秋的天，他脸上的阴晴不定，一会儿一变。

文博士正在想不出办法，唐先生由影壁后转过来，一露面就拱起手来：“不敢当，不敢当！请！请！这是，”他指着那个青年，“二小儿建华。”建华眼看着天，点了点头。

院里的房子都很高大，可是不起眼。门窗都是一鼻两眼式的，屋中的光线也不充足。客厅里的陈设很复杂，各式的桌椅，各式的摆设，混杂在一处，硬青硬红的不调和。由这些东西可以看出唐府三四辈的变迁：那油红油红的一两件竹器代表着南方的文化，那些新旧的木器表示着北方的精神：唐府本是由南边迁来的，到现在已有六七十年了。由这点东西还可以看出唐宅人们的文化程度，新旧的东西都混合在一处，老的不肯丢掉，新的也渐次被容纳。这点调和的精神仿佛显出一点民族的弱点：既不能顽强的自尊，抓住一些老的东西不放手，又不肯彻底的取纳新的，把老旧的玩艺儿一扫光除尽。

墙上的字画与书架上的图书也有个特点：都不是名人的杰作，可也不是顶拙劣的作品。那些作画写字的人都是些小小的名家，宦级在知府知县那溜儿，经唐家的人一给说明便也颇有些名声事业，但都不见经传。对联与中堂等项之中，夹杂着一两张像片，还有一小张油画；像照得不佳，画也不见强，表示出应有尽有的苦心，而顺手儿带出一点浮浅的好讲究。

扫了一眼屋中的东西，文博士觉得呼吸有点不灵利，像海边上似的，空气特别的沉重。新的旧的摆设，桌椅，艺术作品，对他都没有任何作用，他完全不懂。他只在美国学来一个评判方法：适用的便好。他的理想客厅是明亮简单，坐的是宽大柔软的沙发，踩的是华丽厚实的地毯，响的是留声机，看的是电影明星照片。他不认识唐家的这些东西，也不想去批评，只觉得出不来气。椅子是非常的硬棒，也许是很好的木料，但是肯定的不舒服。倒上茶来，闻着很香，但是绝没有牛奶红茶那样的浓厚沉重。文博士知道自己在这里决不会讨好，因为一切都和美国的标准正相反：他要是顺着唐家人的口气往下说，一定说不过他们；他要是以美国标准为根据，就得开罪于他们。直着腿坐了会儿，他想好了，与其顺着他们说，不如逆水行舟；这样至少能显出自己心中不空，使他们闻所未闻。

唐先生只闲谈天气与济南，不肯往深里说任何事情；新事旧事他都知道不少，但是他不肯发表意见，怕是得罪了人。建华刚在大学毕业，还没找到事作，可是觉得自己很了不得。他的学识和墙上那些图画一样，虽然不高明，可是愿意悬挂出来。听着父亲与文博士谈了几句，他想起个问题：

“先生看张墨林怎样？”他脸上非常的严重，以为张墨林的问题必是人人关心的问题，因为他自己正在研究他。

文博士的眉皱上，也非常的严重，根本不知道张墨林是个诗人，画家，还是银行经理。他决定不肯被人问倒，而反攻了一句：“哪个张墨林？”

唐先生赶紧接了过去："山东黄县的一位词家，学问倒还好，二小儿正在作他的年谱，将来还求指教。"

"那很好！"文博士表示出一定能指教唐建华。

"他的著作很难找，有两三部我还没见过！"唐建华看着顶棚，心中似乎非常难过，因为这两三部书还没能找到。"先生看他的作品，专以词说，怎么样？"

"书是要慢慢找的！"文博士已被挤到墙角，而想闪过去。"当初我在美国想找一部历史，由芝加哥找到纽约，由纽约又找到华盛顿，才找到了半部，很难！"

"啊！"建华摘下眼镜，用手绢擦着，一点不肯注意文博士的话。就是博士再谈到张墨林，他也没心去听。对张墨林的研究，正如对别件事一样，他的热心原本是很小的一会儿；不过在这一小会儿里，他把这件事放在眉头上思索着。

唐先生怕文博士看出建华的不客气，赶紧问了几项美国的事。文博士有枝添叶的发挥了一阵，就是他所不晓得的事也说得源源本本，反正唐家的人没到过美国，他说什么是什么。

文博士说完一阵，刚想告辞，建华的弟弟树华下了学。他是在中学读书，个子不小，也戴着眼镜，长得跟他哥哥差不多，只是脸上的肉瓷实一些。他也很喜爱文学，可是接近新文学。经他父亲介绍过后，他坐下，两只大手在膝上来回的擦。擦着擦着，他想起来一件事：

"先生看时铃儿怎样？"他习惯的把新文艺作家的名字末尾都加上个"儿"，仿佛是非常亲密似的。

"哪个时铃儿？"文博士很想立起来就走，这样的发问简直没法子应付。

“小孩子爱读小说，”唐先生又来解围，“文博士出洋多年，哪能注意到这些后起的小文人们。”

“也别说，”文博士直着脖子说，“我对新文学也有相当的研究；不过，没有什么好的作品，没有！”

树华的手在膝上擦得更快了，脸上也有些发红；刚要开口反驳，被老先生瞪了一眼，不痛快的没说出来。

文博士觉得已经唬回两个去，到了该告辞的时候了，虽然有许多事还想问唐先生。正想往起立，又进来一位，唐先生赶紧给介绍：“小女振华，文博士。”振华比建华小，比树华大，个子不像她兄弟那样高，可也戴着眼镜。相貌平常，态度很安详，一双脚非常的好看。

这样的增兵，文博士有点心慌，可是来者既是女子，他不能不客气一些。唐先生这回先给了女儿个暗示：“文博士由美国回来，学问顶好。”

“老三不是想学英文吗？”她很严重的看看树华。

树华有志于文学，很想于课外多学些英文，以便翻译莎士比亚。但是，文博士的轻看新文学使他仿佛宁可牺牲了莎士比亚，也不便于和文博士讨教。

文博士一点也不想白教英文，不过既是一位女士的要求，按着美国的办法，是不能不告奋勇的：“那很好！”

“要是文博士肯不弃，”唐先生看出点便宜来，他并不重视英文，不过有美国留学生肯白教他的子女，机会倒是不便错过，“你们三个都学学吧！那个，文博士，在这里便饭，改日再正式的拜老师！”

文博士觉得是掉在圈儿里。

六

唐家的饭很可吃，文博士的食量也颇惊人。唐家全家已经都变成北方人，所以菜饭作得很丰满实在；同时，为是不忘了故乡，有几样菜又保持着南边的风味。唐先生不大能吃酒，可是家中老存着一两坛好的“绍兴”。

菜既多而适口，文博士吃上了劲。心中有点感激唐先生，所以每逢唐先生让酒就不好意思不喝些，一来二去可就喝了不少。酒入了肚，他的博士劲儿渐次减少，慢慢儿的吐了些真话；他的脉算是都被唐先生诊了去。

唐先生摸清楚了博士的肚子只是食量大，而并没什么别的玩艺，反倒更对他亲密了些。唐先生以为自己的一辈子是怀才不遇，所以每逢看到没有印着官衔的名片便不愿意接过来。可是及至他看明白了没有官衔的那个人，虽然还没弄到官职，但是有个好的资格，他便起了同情心，既都是怀才不遇，总当同病相怜。况且与这路资格好而时运不见佳的人交朋友，是件吃不了什么亏的事；只要朋友一旦转了运，唐先生多少也得有点好处。

唐先生自己没有什么资格，所以虽然手笔不错，办事也能干，可是始终没能跳腾起去。有才而无资格，在他看，就如同有翅膀而被捆绑着，空着急而飞不起来。他混了这么些年了，交往很广，应酬也周到，可是他到底不曾独当一面的作点大事。是的，他老没有闲着过，但是他只有事而无职。他的名片上的确印得满满的，连他自己可也晓得那些字凑到一块儿还没有一个科长或县知事沉重。他不能不印上那一些，不印上就更显着生命像张空白支票了。印上了，他又觉得难过。所以他非常喜欢一张有官有职，实实在在的名片。

为补正这个缺陷，他对子女的教育都很注意。以他的财力说，他满可以送一个儿子到外国去读书。但是他不肯这样破釜沉舟的干。一来他不肯把教育儿女们的钱都花在一个人的身上，二来他怕本钱花得太大，而万一赚不回来呢。所以他教三个儿子都去入大学，次第的起来，资格既不很低，而又能相继的去挣钱，他觉得这个方法既公平又稳当。现在，他的大儿子已去作事，事体也还说得下去。二儿子也在大学毕了业，不久当然也能入俩钱。三儿子还在中学，将来也有入大学的希望。女儿呢，在师范毕业，现在作着小学教员。看着他的子女，他心中虽不十二分满意，可是觉得比上不足比下有余，总算说得过去，多少他们都能有个资格，将来的前程至少也得比他自己的强得多。他这辈子，他常常这么想，是专为别人来忙，空有聪明才干，而唱不了正工戏。这一半是牢骚，一半也是自慰，自己虽然没能一帆风顺的阔起来，到底儿子们都有学位，都能去正正经经的作点事，也总算不容易。

他与焦委员的关系，正如同他与别的要人的关系，只能帮忙，而上不了台。谁都晓得他是把手儿，谁有事都想交给他办，及至到了委派职务的时候，他老“算底”。谁要成立什么会，组织什么党，办什么选举，都是他筹备奔走一切。到办得有点眉目了，筹备主任或别项正式职员满落在别人身上。事还是他办，职位归别人。他的名片上总是筹备委员，或事务员；“主任”，“科长”，“课长”，甚至连“会计”都弄不到他手里，虽然他经手不少的钱财，他的最大的报酬，就是老不至于闲着，而且有时候也能多少的剩几个私钱而不至于出毛病。

当他一见文博士面的时候，“博士就是状元”这句话真打动了他的心。是的，假若他自己有个博士学位，哼，往小里说，司长，秘书长总可以早就当上了。就拿“文化学会”说吧，筹备，组织，借房子，都是他办的。等办成了，焦委员来了，整个的拿了过去，唐先生只落了个事务员。每月，他去到各处领补助费，领来之后留下五十元，而余的都汇交焦委员。创立这个学会的宗旨，本是在研究山东省的历史地理古物艺术，唐先生虽然没有多大的学问，对学问可是有相当的尊崇与热心。及至焦委员作了会长，一次会也没开过，会所也逐渐的被别人分占了去。唐先生说不出什么，他没法子去抗议。也好，他只在会里安了个仆人，照管着那几间破屋子，由每月的五十元开销里，他剩下四十块；焦委员也装作不知道。

像这样的事，他干过许许多多了。可也别说，就这么东剩五十，西剩六十，每月他也进个三百二百的。赶上动工程呢，他就多有些油水。家里的房子是自己的。过日子又仔细，再加上旧日有点底子，他的气派与讲究满够得上个中等的官僚。每逢去访现任的官儿，而发现了他们家中的寒伧或土气，他就得着点儿安慰——自己虽然官运不通，论讲究与派头可决不含忽！

焦委员确是嘱咐过他，有到“文化学会”来的，或是与焦委员有关系的要人由济南路过，他可以斟酌着招待或送礼。唐先生把这两项都办得很不错。他的耳朵极灵，永不落空；谁要到济南来，谁要从济南路过，他都打听得清清楚楚。那些由焦宅出来的，他知道的更快。他顶愿意替焦委员给过路的要人送礼，一来他可以见识见识大人物，二来在办礼物的时候也可以施展些自己的才能。送什么礼物全凭送给谁而决定，这需要揣摩与眼光。有一次他把一筐肥城桃送给一位焦委员的朋友，后来据焦委员的秘书说，那位要人亲笔写给焦委员一封信，完全是为谢谢那一筐子桃。这种漂亮的工作，在精神上使唐先生快活，在物质上可以多少剩下点扣头，至少也顺手把他自己送焦委员的礼物赚了出来。

对于招待到文化学会来的人，唐先生说不上是乐意作，还是不乐意作。由焦委员那儿来的人，自然多少都有了资格来历，他本应当热心的去招待。可是，因为他们有资格，哪怕是个露着脚后跟的穷光蛋呢，也不久就能混起来，地位反比他自己强；这使他感到不平。况且，谁来了都一支就是一二百，而唐先生自己老是靠着那四十块不见明文的津贴——或者更适当的叫作“剩头”。但是继而一想呢，接济这些穷人到底比白白给焦委员汇去较为多着点意义，焦委员并不指着这点钱，而到穷人手里便非常的有用，于是他又愿意招待这些人；他恨焦委员，所以能少给他汇点去，多少可以解解恨。

所以，他一看见文博士那张无官衔的名片，他心中就老大的不乐意，又是个穷光蛋！及至博士来了硬的，一点不客气的说出，博士就是状元，他心中又软了，好吧，多给焦委员开销俩钱，顺水推舟的事，干吗不作个人情呢。

现在，文博士借着点酒气，说出心中的委屈，唐先生的脑中转开了圈圈。这个有博士学位的小伙子是吃完了抹抹嘴就走呢，还是有真心交朋友？假若博士而可靠的话，他细细的看了看女儿，客观的，冷静的看了看：现成的女儿，师范毕业，长得不算顶美，可是规规矩矩。假若文博士有意的话，那么以唐先生的交际与经验，加上文博士的资格，再加上亲戚的关系，这倒确是一出有头有尾，美满的好戏！自己的儿子只能在大学毕业，可是女婿是博士，把一切的缺点都可以弥补过来了！

不过，这可只是个就景生情的一点希望与理想。唐先生知道世界上任何一件事都不是直去直来，一说就成的。别的事都可以碰钉子，再说，可不能拿女儿试验着玩。慢慢的看吧，先把文博士看清楚了再说别的。不错，这件事并不单是唐家的好处，文博士可以得个一清二白的妻子，还可以得个头等的岳父兼义务的参谋。可是，谁知道人家博士怎么想呢。不能忙，这宗事是万不能忙的。

饭后，文博士开始打听焦委员给他的那张名单上的人。唐先生认识，都认识，那些人。可是，不便于一回都告诉他。唐先生的语气露出来：事情得慢慢的说，文博士须常常的来讨教；最好是先规定好每星期来教几次英文，常来常往，彼此好交换知识。文博士一点也不想教英文，可是不便于马上得罪了唐先生。他看得出来，假若他不承认这个互惠条件，唐先生也许先到各处给他安排下几句坏话，使他到处碰钉子。虎落平川被犬欺，博士也得敷衍人；他答应下每星期来教两次英文。唐先生答应了每次授课由他给预备饭。文博士开始觉出来中国人也有相当的厉害，并非人人都是老楚。可是，他也有点愿意他们厉害，因为设若人人都像老楚，那还有什么味儿呢！他预备着开战，先拿唐先生试试手。他心中说，无论老唐怎么厉害，反正自己是博士，看谁能把位博士怎样得了！

由唐家出来，他觉得心中充实了些，仿佛是已经抓到了点什么似的；无论怎说吧，拿到老唐就得算是事情有了头儿，不忙，慢慢的一步一步的走，能利用老唐就能在济南立住了脚，这不会错！

回到宿舍，青年会的干事过来拜访，请他作一次公开的演讲。他不愿意伺候青年会的干事，可是这总得算头一次有人表示出敬重博士的价值，似乎又不便严词拒绝。再说呢，开始在济南活动，而先把名声传出去，也不能算完全没有作用。他答应了给讲一次“留美杂感”，既省得费工夫预备，又容易听得懂。答应了之后，他不但不讨厌青年会干事了，反倒觉得痛快了些；那个干事开口博士长，闭口博士短，使他似乎更当信赖自己，更当拿起些架子，“博士”到底比什么也响亮受听。假如人人能像青年会干事这么敬重他，他岂不马上就能抖起来；他几乎有点要感激那个干事了。

为这个讲演，他想应当去裁一套新洋服。头一次露面，他得给人们一个顶好的印象，不但学问好，人也漂亮。谁晓得由这一个演讲会引出什么好机遇来呢？即使是白受累，什么也弄不到，那也没什么，新洋服是新洋服，总要裁一身的。刚才要买条新领带而打了退堂鼓，现在决定了去作新衣裳，到底青年会干事不是完全没用，会帮助自己决定了这件事。决定作一件事总是使人痛快的，他不再去思索，就这么办了。

到阅报室去看了会儿报，国事，社会新闻，都似乎与他没什么关系。随便的看完一段，他就想到洋服的颜色与式样上去；这身新洋服是新生命的开始，必须作得便宜，体面，合适。把自己先打扮好了再说，自己是一切。想了会儿，再去看一段报，他觉得那最悲惨的新闻，与最暗淡的消息，都怪有趣，仿佛是读着本小说那样可以漠不关心。

看完报，柜台前面已经放好“文博士主讲”的广告牌。他只看了一眼，大大方方的走出去，怪不好意思，可是挺快活。

七

洋服作好，文博士有点后悔，花了七十多块！原本没想花这么多钱，可是选择材料的时候，西服店的老板看了看博士身上的那件：“呦！先生，这是外国裁的，还敢请你看次等的材料?!”他只好选了较好的料子——还不是顶好的。到底是站在洋面上的，洋服店的人就多知多懂一些，知道什么是好坏；多好的西服教老楚看见也是白饶。文博士非花七十多块不可。

及至把衣裳取了来，式样手工都很不坏，可是他到底觉得太贵了些。既然在衣裳的作法上找不出毛病来，他转而怀疑衣料是否地道。济南没有什么可靠的地方，没有！他看出来，这里只有两类人，老楚是一类的代表，唐先生是另一类的代表；西服店的人和唐先生是同类，狡猾，虚诈。一位博士而陷落在这两类人中，没办法！

穿上新洋服，他到唐家去教英文。已教过两次了，建华是眼看顶棚，大概还是想着张墨林的问题。树华的手搓着磕膝，也许是还恨着文博士的轻视新文学。只有振华很用心；就是不用心，至少她的态度是那么安详，不至使文博士太难堪了。他不想再白跑腿，可是又不肯轻易放弃了唐先生的那些可贵的知识。唐先生非常的客气，茶水饭食都给预备得很好，就是来到真事儿上不愿多说。至少他的打算是这样：即使拴不牢这位博士，反正也得先把他鼓捣熟了再说；先把文博士弄成唐家的顶熟识的朋友，再放松了点儿手，也总好办一些。对于子女热心学英文与否，他倒不十分关心，他就是愿意文博士常常的来，只要博士肯勤来便有办法。

这天——文博士穿上新洋服这天——建华照了一面，说有点头疼，请假。树华没回来，因为学校里开运动会。唐老先生也没露面，只有振华独自陪着文博士。文博士有点不好意思。设若这是在美国，他很有办法对待她；可是她是个中国女子。他知道中国女子都是唧唧嚷嚷的不大方，根本招惹不得。他必须谨慎一些，不能像在美国那样随便，一点也不是为振华设想，而是怕误了自己的大事——他不能随便的交女朋友而弄坏了名誉。多咱他见着十万八万的钱，他才能点头答应婚姻大事。

谈了几句，他觉得振华也有点可爱，她的态度是那么安详，简直和美国女子完全不同。这点安详的态度似乎比西洋女子更多着一些引诱的能力；一个中国人由不的爱看一张山水或一条好字，中国人也由不的喜爱女性的安详。她的相貌很平常，可是那点安静劲儿给她一些尊严，尊严之中还有点妩媚，像一朵秋天的花，清秀，自然。说话的时候，她的脸爱偏着一点，不正面的对人笑，可是嘴角上老挂着点和蔼的笑意。十分安定的坐着，一双极可爱的脚自然的在长袍下面露着，像大叶子下一对挺美的银瓜似的。

文博士很愿意吃唐家的饭，但是他敷衍了几句，就告了辞："下回再学吧，密司唐，还有点事。"

她很大方的替她的弟兄道歉，并没十分留他。

他心中老大的不得劲。

第二天，他在青年会讲演，老早的就穿好了新洋服，而且买了条新领带。听讲的人有一坐下就要睡着的老头儿，有穿制服的，鼻子上老出着汗的小学生，有抱着孩子的老太太，人头很复杂，气味很难闻，秩序很乱，文博士皱上了眉。不能临时打退堂鼓，可是为这群人费力气真有点合不着。刚要开口，唐振华进来了，规规矩矩坐在最前排，脸上带着点似有若无的笑意。文博士不知为什么打起点来精神，照着所想到的一层层的说下去。听众们有很注意听的，也有毫不留心的，也有听了几句就走出去的。文博士不时的瞭唐振华一眼，她始终是安安静静的听着，他说到有意思的地方，她脸上的笑意便随着扩展，听众们有不守秩序的时候，她便随着他微微一皱眉。她不仅是来听讲，也仿佛是来同情他，安慰他。等他讲完，大家正在拍手的当儿，她轻轻的立起来，慢慢的走出去。

回到宿舍，文博士愣着想了会儿。他已经不能不承认唐振华有些可爱，因此，他必须思索。不，他必不能上唐家的当。无论振华是多么好的女子，他不能要她。凭一位美国博士，不能要个师范生，这是一；唐家不能帮助他什么，他不是为他们而来到济南，这是二。有这两层，唐家的人简直是他的障碍。他得马上进行他的正事，不能再迟延，不能教唐家的人拿住他。

难处是一时不能一刀两断和唐家绝缘。手中的二百块钱是一攘儿就完的，自己不是不会吃苦，而是根本不应当吃苦；既不应当吃苦，钱就出去得很快。那么，他必须和唐家敷衍，好再借钱。这不是体面的事，可是除此还找不到近便的方法。好吧，不管怎样吧，他不能马上放弃唐家这伙人。可是他得留点神，必定别教唐家的人给他绑上，特别应当留神唐振华。女子多半是有野心的，他以为；不过，像唐振华那个模样，那个家当，那个资格，乘早儿别往博士这边想！他有点可怜她，怎奈博士不是为她预备的。

把她这么轻轻放下，他决定立刻去拜访那几家阔人，不再等唐先生给帮忙。拿出焦委员给的那张名单，他打算挨着次序去拜访。头一名是卢平福，商会的副会长。他找到青年会的干事，问了卢家的住址，干事知道的很详细，因为卢会长也是青年会的董事。

次日九点多钟，文博士决定出马去看卢会长。他心中有点发跳，虽然不信宗教，可是很想祷告一下，成败在此一举，倘若开头就碰了钉子，才没法儿办！把领带正了好几次，他下了楼。

卢宅的大门，与济南的绅士家的大门一样，门外另加铁栅，白天也上着锁。大门与铁栅之间，爬着条小驴似的大狗。文博士刚一上台阶，大狗就扑了过来，把铁栅碰得乱响。出来个仆人。先把狗调了走，而后招呼客人。把名片拿进去——文博士声明是由焦委员那里来的——又回来，这才开铁栅的锁，非常的严重，好像一座关口似的。

卢会长是个高胖子，眼睛亮得可爱，像小娃娃的那样黑白分明。脸上都很发展，耳朵厚实长顺，耳唇像两个小毛钱似的。见了文博士，他的双手都过来握着，手极白净绵软。把文博士拉到屋中，赶紧递过来炮台烟，然后用水桶大小的茶壶给倒上茶。

“文博士是从美国回来的？”卢会长的嗓音响亮，带着水音，据说能唱一口很好的二黄。看文博士谦恭的一笑，承认这件事实，他马上转了转那对极黑极亮的眼珠：“文博士，美国收买花生——我们济南管叫长果——近来行市很低；眼看新花生就下来，这倒要费些心思呢！文博士可知道？”

“离开美国已经有几个月了，这倒不很清楚。”文博士本来不吃烟，只好把烟卷拿起来看了看，表示出很安详的样子。“卢会长不是丝业专家吗？”他反攻了一句。

卢平福哈哈的笑起来：“文博士，这年月讲不到什么专家喽！横扒搂着，还弄不上嚼谷！丝业？教人造丝顶死了！没办法！我什么也干，就是赚不出钱来！在周村，我有丝厂，眼看着得歇业；东洋人整批的收茧，没咱们的份儿；济南咱有门面，替洋货销售，没办法！咱什么也干，干到归齐，是瞎凑个热闹！我还办报呢，博士信不信？济南《商业时报》是我的。哎，文博士，等有工夫给写点文章！”

“那要看什么样的文章了！”文博士笑了笑，心里说：“这个家伙不懂得什么叫专门学问！”

“什么文章也是好的，自要博士肯写；不瞒你说，我还写戏评呢，自己唱不好，哼哼两句！”卢会长的黑亮的眼珠又极快的一转，话又改了辙："文博士，从上海过的时候，注意到山东的果子没有，我们今年试办，先运苹果和梨。以前，货一运到，总得伤害多一半，据周海卿——也是美国留学生，很是把手儿——说，那是果皮上有病菌的缘故。他给我们出的方法，教我们按他的方法起运。谁知道怎样了呢！事儿多，简直顾不过来，到如今还没听见下文。"

"我在上海的时候，才刚交四月；这次是由北平下来的。"文博士觉得只有招架之工，并无还手之力了。他心中很难过，他看得明明白白，姓卢的这家伙并不是故意为难他，而是疯着心想多知道一些事儿，为是好去横搂巴钱。即使这家伙的毛病在于不晓得博士的学问是各有专长，可是自己连一句也回答不出，总怪难以为情。他正这么想，卢会长又抓住了北平。

"焦委员答应了我们，给我们运动北平的各机关，一律穿烟台绸的制服，哼，夏天已经过去，连个信儿也没有！博士可知道？"

文博士不知道。但是不能直说，他必须在这个人的面前显出和焦委员很熟识，不能一语回答不出。他又真不知道这件事。他用力的往下镇定，可是到底脸上红了一点："大概得明年开始了。"说得非常的不带劲，他自己觉得出来。

"谁说不是！"卢会长叹了口气，不知是不满意焦委员，还是看文博士没用。

文博士想说出他自己的学问。不能就这么再教卢会长——一个小小的商人！——给叹气叹了下去！"在美国我学的是教育，对于商业隔膜一些。学问——在现在的世纪——太专门了！太专门了！"

他以为这可以挡回卢会长的乱问了，即使这不是联络人的顶好的方法，至少也维持住了博士的尊严。哪知道，卢会长的眼睛又极快的转了个圈：

“文博士，对了！我们正想办个玩具公司，好极了！你看，博士，维县的机厂，现在什么铁玩艺也能模仿；我们就这么想了，弄不多的钱，找几个工人来，他们作带机器的小玩艺，小火车，小轮船，会跳的小猴；一本万利的事！我是混想发财，谁不是如此？作买卖为商，花样越多越好！文博士，给来个计划，咱们合办！”

“那行！那行！”文博士只好扯谎了，好能挺着胸走出去。他心里要说的是这个：“那属于幼稚教育，我学的是专门与中等教育行政！”

假装是回来作计划，他知道以后很难和卢会长见面了。走出大门来，卢会长还喊着，“专等博士的计划！”博士极慢极慢的走回宿舍，像好几天没睡好觉那么不精神。

八

怎办呢？怎办呢？这个钉子碰得多么大，一位新从美国回来的博士会被个小商人问得直瞪直瞪的！这决不是自己的学问不地道，不是，而是缺乏经验；为什么在未去以前不先详细打听打听呢？一个人有一个人的事业与脾气，博士并不能钻到人人心里去。全是老唐的鬼，全是！他要看我的笑话：他全知道，而一句不肯说，好可恶！文博士想到这里，忿怒胜过了羞愧，设若不是老唐闹鬼，他决不会栽这样的跟头！把罪过都推到老唐身上，他觉得自己还是堂堂的博士，并没有什么毛病，要免去毛病，他得先治服了老唐。

怎么治服老唐呢？哼，这得全盘合算合算了。到底在这里扎空枪有好处呢，还是应当根本放弃，不再多耗费时间与精神？不，不能白白的放弃：到别处还不是得从头儿来？既想往下继续的作，还是先得解决老唐。和，还是战？不，不能公然的作战，顶好且战且走，说着好的而揣着坏的，即使还不成功，也教老唐知道知道自己的厉害。好吧，先拿唐振华解气吧。她一定是红着心想抓到个博士，何不将计就计呢？设若不是老唐那样的可恶，谁肯使这个毒辣的手段；老唐，老唐！你多咱要是吃了亏，可别怨我！应当怨你自己不是东西。

打定了主意，文博士又打起精神来。卢宅那一幕不过是个小挫，小一半儿是自己没留神，多一半儿是老唐的闹鬼。过去的事过去了，不必再惦念着。再说，卢平福不过是个商人，往好里说才能算个资本家——小小的资本家——懂得什么叫学问，哪叫博士。在他面前无所谓丢脸，不过是会面的时候差点教这家伙给问倒，稍微有点不得劲而已。无论怎样说吧，这件事根本不成为一件事，不再想它好了。以后再去拜访生人。应当小心一点，先打听打听，这倒是个经验。是的，经验不能都是甜美的，所以才能这回碰了钉子，下回好懂得留心。把见卢会长这一场打入“不甜美的经验”里，他又高兴的往前看了。

他得和唐振华谈一谈，只要引起她的同情，她就会去打听一切。不过，怎能引起她的同情呢，假若不稍稍露一点相爱的意思？管它呢，她要是喜欢那样呢，赏给她一点爱情好了；出了毛病是她自找。在战争中不讲什么道德，只能讲手段。

他打算在振华下学的时候，假装在街上闲逛似的，遇上她，把她约到公园去谈一谈。看她肯不肯，若是不肯呢，再想别的方法。反正对她多一番亲近，她总会晓得的。就这样办了，果然遇见了她。

"密司唐，刚下课吧，我没事，想上公园去看看。密司唐也玩玩去，公园里也许有些菊花了吧?"他不显着急促，可是开门见山的明说了；对唐振华用不着分外的有礼貌，她不懂。

"家里还有事呢，"振华轻描淡写的推辞了。

"要不先回去说一声?"文博士爽性把话说到了家："有话和密司唐谈，关于我自己的事。"

振华笑着想了想："一同家去吧。"

"也好，"文博士显出很爽直，有些男儿气。

二人在街上走，行人们多数的都多看他们一眼；由乡下进城买东西的男女们。有的拿着卷儿东洋布，有的拿着些干粉条或高香，差不多每逢遇到剪发的女子和个男人同行都要立住了呆呆的看一会儿；他们也这样看着文博士与唐振华。拉车的虽然看惯了这种事儿，可是让车而遭了拒绝，也便拿出点根本反对这种景象的意思："拉去擘！两辆擘！"这样喊着，似乎是为自己，也为孔圣人，出口气。唐女士低着点头，依旧不卑不亢的走着。文博士反倒觉得怪不得劲，他真恨这群没有文化的中国人！

到了唐家，家中的主要人物还全没回来。给文博士斟了一碗茶，她规规矩矩的坐下，往上推了推眼镜，等着他说话。文博士倒呆住了，不知应说什么好。她微微那么一笑，把整个的脸都增加了一些光彩："有什么话，文博士？"

文博士呆呆的看着面前的茶杯，杯里的茶是那么清净，光明。像一汪儿金液似的，使他心中也干净了些，平静了些，他说了实话："密司唐，我很不得意，令尊能帮忙而不肯帮忙我！"他从来没这样吐过实话，没这样动过真的感情，所以言语不能——像平时那样——完全凭着脑子的安排；低下头去，忘了下面的话。

"文博士，你不怪我嘴直？"她的脚微微动了动，表示着点不好意思直说，而因此稍有点焦躁。

"当然不能！"文博士抬起头来，深深的看了她一眼，像条老狗作错了点事而求主人原谅那样："我来求你出个主意；令尊不肯……"

"我晓得！"她说得非常的自然轻快，可是有一些力量，像针尖似的，小而锋锐。她好像把文博士的一切都看得明明白白。决不肯绕着弯子费话，而要一针见血。这使文博士惊异，平常。他总以为女人都是唠里唠叨，光动嘴唇，而没有任何识见与意义。况且唐振华又只是个小小的师范毕业生与小学教员。现在，他仍然不承认自己的观察有什么多大的错误，可是他觉出她有点例外的智慧，"例外"是最足使人惊异的。"我晓得！这不是第一次了！"她微微停了一小会儿，为是省得显出太直率不客气；笑将停住，话又跟着出来，像风儿将把花吹藏在叶下，又闪出来："焦委员常常往济南送有志的青年，都由父亲招待，这不是第一次了。我们都很喜欢常有朋友们来，可以多听点事，长点见识。不过，以我自己说，我总觉得这种来往有点，有点，空虚，甚至于是虚伪。我倒不是说，这是因为我们一家子人落不着什么，所以觉得空虚。我是看那群青年空虚得有点可怜。”她又微笑了笑，似乎是要求文博士的原谅。

他拧着眉点了点头，表示教她说下去，不必客气。

为是减轻些正面的攻击，唐振华把话转了个方向：“你看，我们家里的人，父亲，哥哥，也都有点那个毛病。他们不去努力作自己的事，而老想借别人的光儿一下子跳起去。父亲，白忙一世，老觉着委屈。大哥二哥，也是那样，连对于学问都想用很小的劳力，而享极大的荣誉。他们都不大看得起我，因为我认真的去教小学生，而不肯随着他们的意思去找个阔人，作个太太。假若我看不上家里的人，我就更替那些由焦委员那里来的青年可惜。他们要顶好的事，要顶有钱的太太，并不看事情本身对别人有什么好处，并不为找个真能帮助自己的女子而结婚。他们自居为最上等的人，总想什么力气也不卖，而吃最好的，喝最好的。我并不懂什么，不过要据我看，就觉得这是讨便宜；人家当兵的，把命全押在那儿，一月才挣几块钱。”

“密司唐！”文博士有些坐不住了。“原谅我插一句嘴，一个兵可以什么都不晓得，一个留学生的知识是花了多少年的光阴与多少堆洋钱买来的，这不能放在一块儿讲！”

“一点不错！”她把声音提高了些，“可是一条命是一条命，把命押上，就是把所有的一切全押上了。押上命的既挣几块钱，我就看不出留学生有什么特权去享受！”

文博士笑了，笑得很不自然：“密司唐，大概你我永远说不到一处了。也许，也许，原谅我，你曾经吃过留学生的亏吧，所以看他们还不如一个简单的大兵?”

振华微笑着摇了摇头，笑意仿佛荡漾到脸外：“我没吃过他们的亏，父亲吃过；我晓得怎样躲着他们。我知道我长得不体面，资格低；我现在只想教小学生，将来呢，谁知道。无论怎么说吧，我知道我的价值，不肯高抬自己，也不肯轻看自己。我愿意这样，所以也愿意别人这样。我若是你，文博士，我就去找点自己能作的事，把力气都拿出来，工作的本身就是最高的报酬，劳力的平等才是真正的平等。”

文博士不愿意再往下听。在国内读书的时候，他只得了学分与文凭，并没听过什么关于生活上的教训。在美国留学，除了上堂与读课本，并没体验过什么品德的修养与生命的认识。目的在得博士学位，所以对于别的事情用不着关心，正像上市去买一样菜，除了注意所要买的东西，他不过是顺手儿逛逛市场，只觉得热闹，用不着体验什么，思索什么，听了振华的一片话，他感觉到她根本不明白博士的价值，用不着再和她讲什么。况且她的话，他以为，必是因为吃了留学生的亏，因失恋而有了成见。即使她根本没有失恋，而这些话是由她心中掏出来的，那也适足以证明她的脾气别扭；在他想，一个女子根本不应当说这样的话：在美国，他见过的女人可多了，人家谁不是说说电影与讲讲爱情?没有这么整本大套教训人的。况且，她到底不过是个小学教员，怎能有高明的见解呢，怎能呢?一位博士而被个师范毕业生唬住，笑话！这么一想，他反倒可怜了她，凭她这一套，要能找到个男人才怪；长相又是那么平凡！因为可怜她，所以不便和她生气；反之，倒须再敷衍她两句，把这一场和和平平的结束过去。他很宽大的放出点笑容来："那么密司唐，你看我不应当再留在济南?"

"地方没关系，全看你想要作什么，与怎么作。"

"哼，"他几乎是有意的开玩笑了，"我想先在这儿结婚，怎样?"

"那也不错，"振华也有点嘲弄的意思，"杨家正找女婿呢，父亲不肯告诉你，我肯。"

"哪个杨家?"还像是说着玩，文博士可是真想探听点消息。

"大生堂杨家，他家的大女婿是卢平福。"

文博士记得，焦委员的名单上有这么个杨家。假装着不去关心。而顺口说了声："卢平福是怎样的人?"

"他，臭虫，一辈子忙的就是吸人血。他也是留学生呢!"振华又推了推眼镜。

"他，留学生?"文博士受了一惊似的。

"老留学生了，剑桥的硕士呢。"

文博士的心落稳了些，怪不得说不过他呢，原来这家伙也有学位!同时他也想到：既然同是留学生，那么谁说得过谁也就没大关系了，在卢家那一场满可以一笔勾销了，他心中好像去了一块病。心中痛快了些，他又客气起来："谢谢密司唐，改天咱们还得谈谈呢，我最喜欢讨论，在美国的时候，我还给大家组织过讨论会呢!谢谢!"最后的一句他没说出来："谢谢你告诉我大生堂杨家。"

九

一边儿走，文博士一边儿清算：原想去给唐振华个好脸，她反又臭硬起来；好吧，对唐家父女和对老楚一样，从此不再搭理。这倒干脆！哼，把他们都捆在一块儿也抵不过一个博士的一对脚鸭！

原想跟她说些真话，谁知道她会那么别扭，劝我去作苦工，笑话！一个博士要也去教小学生——比如说——还要师范生干吗？笑话！女子是得生得美呀；脸子丑，没人待见，像唐振华，就得越来越自怜，觉得自己的脸子虽丑，可是有点思想；满有胆子去唬人，现在居然唬到博士头上来了！可笑！

好吧，凭她那份相貌，再加上那份老气横秋的神色，吹！一无可取！连个脸也无须赏给她了。

可是这一场不能算没点成绩，杨家，杨家，是的，到杨家去。到底姓文的给你们看看，我要不由此跳腾起来，算白作了博士！

比如这么说吧，假若刚才她也知趣，顺着我的话，鼓励我一番，把她父亲所知道的告诉告诉我，给我出个主意，说真的，假若我要是弄不到个阔女子，还真许跟她——唐振华——多亲近一些呢。这不能不算是她的便宜。哼！跟我耍那一套，在美国大学，那么多的名教授，也没教训过我！唐振华算是完了，谁娶她也得倒一辈子霉！年轻轻的，没一点志愿，没一点向上心！好吧，去教一辈子小学生吧。我得教你看看，看看到底博士是怎样的人物！

自己越这么叨唠，心里越痛快，他决定放弃了唐家父女，用不着这样的废物。

把他们放下，他想直接的赶快的去拜访杨家。这只许成功，不准失败。这次要是再失败了，可真得落在唐振华的话底下了：放弃济南。不能，这次非成功不可。也别说，卢平福凭个硕士而能打进杨家去，那，博士当然更有把握了。成！没错！

眼看就到中秋节，街上卖着顶出眼的果品，和顶拙劣的兔子王。对于这些果品，文博士只感到点颜色的美艳，永想不起去买；他要吃就得是用纸儿包着的美国橘子或东洋梨；这些中国果子，在他看，颇有些像中国妇女，即使看着好玩，也不大干净。对于兔子王，拙劣与否先不去管，他根本不去看，他的心里顾不得注意这些可以使个小孩儿喜欢半天的玩艺儿。

至于那些大而无当的月饼，他更不去注意；即使他真想尝一尝，也不肯去买，穿着洋服而去买月饼，他觉得是投降了中国社会的表示，他决不干。

虽然这些东西都引不起他的注意，可是人们的忙乱与高兴，到底使他感到些渺茫的不安。忽然在灰尘与叫嚣的空气中闻到一些桂花的香味，微微的，酸酸的，到了他的鼻尖就消散了，再也闻不到。这点香味引起他的乡思，他想到美丽的四川，与自己的漂零。他更厌恶四围的东西与男女了，中国人过节，似乎是专为引起博士的感慨。他急忙的走回宿舍。

吃过晚饭，他去找那位请他讲演的干事拉了回呱儿，打听打听杨家的事。这回他不再冒儿咕冬的去拜访，必须有些准备。据那位干事说，杨家的药铺——大生堂——已有三百来年的买卖，有专人在东北采参，自造阿胶，自己有鹿园药圃。在济南，就是在华北，也得算药行的威权者。不过，近些年来，可也显着微索，家里人多，开销太大，又搭上子弟们有在外埠开设分号的，打着杨家的旗号，可是不往老柜上交账。虽然这样，瘦死的骆驼总比马大，到底还得算是阔家。当初张宗昌在济南的时候，干事就景生情的说，杨家一送月饼，就是一打，五百块钱一个的。里面装的馅是钞票和金首饰。杨家的大爷，在节后，就派了参议，很在官场里活动过一番。虽然多人多花，并没因此而更富起来，可是在张宗昌手里，商家都走杨家的门子，作省府的买卖。这点官商沟通，到如今还有余威，所以商会的正会长老是杨家的人，现在连副会长也落在他家的女婿手里。

这点报告使文博士高兴，又有点害怕。高兴，这正是他愿打进去的人家，有钱有势，官商两面全能活动；害怕，假若杨家和卢平福一样的考问他呢？就是马上去预备也来不及，谁能还背诵《本草》去！在知识上几乎无从预备，人家卖药，自己学的是教育行政，怎能打通一气呢？

假若在知识上不能有任何准备，那么，对于杨家的人的嗜爱脾气总该当知道一些。这个，可没法和青年会干事讨教，因为青年会是不肯批评任何人的。想来想去，还是得找唐先生去，唐先生知道一切。

怎好意思再找老唐去呢？刚才原本想拉拢住唐振华，教她给作个侦探，谁知道她会那么不知趣，给脸不兜着。既碰了她的钉子，怎好还再找她的父亲？况且对老唐也不算是不尽力敷衍了，白去教英文，见面也强打着精神跟他闲谈，可是结果适足以长他人的锐气，灭自己的威风。怎办呢？还能教博士去给老唐磕头请安吗？

干脆来硬的好了，拿焦委员拍他！不过，那个老滑头准会假装害怕，表面上帮忙，暗中破坏，不好。这么着吧，给他点硬的，同时又是软的，看看他，先看看他怎样还手。假若他也来硬的呢，那就彼此翻脸不认人了，对不起；他要是软下去呢，就更好，省得闹翻了大家不好意思。想好了这条路儿，他拿出钢笔，想给唐先生写封信。信要硬，告诉他没工夫再去教英文，语气中带出点不满意，教他自己琢磨去。随着信，送上一筐儿果子，作为节礼，这是软的。对的，刚柔相济，看他怎办！

不过，写信倒不是容易的事。用英文写吧，不管好坏，总可以把他们唬住。可是他们读不明白，还不是白费蜡。用中文写吧，不管好坏，总没有英文来得顺便，有许多用英文可以说得很委婉的，用中文就弄不上来。再说呢，唐家的人都会之乎者也的能转两下子，自己要是转不好，岂不被他们耻笑？即使费点心思，编得好好的，自己的中国字又成问题。写外国字满可以随便一抹叉，中国字得有讲究，而自己一点也不懂这些讲究。对着信纸出了半天的神，越来越觉得别扭，什么事出在中国都别扭！

费了好几张信纸，最后决定把用英语想起来的意思一股脑儿勾销，简单的写了几句："因事忙，暂停指导英文。果品一筐，祈哂纳！"……好了，这省得出毛病，而且因为简单反倒能露出点硬劲儿来。至于字法，就用钢笔一滑拉，不必露出用心写的痕迹；美国博士是不讲究字的。

第二天，连信带果子都派人送了去。

果然灵验，当天下午唐先生便来道谢，亲手提着两匣广东月饼，仿佛是瞧看姑奶奶来似的。文博士皱上眉锁住心中的笑。

“谢谢，谢谢，谢谢!”唐先生的手在眉心那溜儿拱着，还微闭着点眼，好像心中咂摸着自己谦恭的味儿。

坐下之后，唐先生叹了口气。“文博士，十分的对不起，对不起！小女的脾气……我跟她好吵了一顿!”唐先生的确和振华吵了一顿。他以为，自己尽到了作父亲的心，给她造机会，可是她不懂；几次了，都凭空的把有学位的人放过去，他不明白她到底是怎回事。“三儿一女，对她多少娇惯一些，博士不必对她……她什么也不晓得!”

“唐先生，请千万别这么想!”文博士很郑重的讲：“我一点也不是为振华女士。实在是太忙，太忙!”拉着字音，他想说得更充实一些：“一来是朋友慢慢的多起来，总得应酬应酬；二来是常到图书馆看看书；这里买外文书不方便，只好读些中国旧书，也倒还有趣味。脑子和刀一样，不常磨一磨就会生锈的，我很喜欢读书，很喜欢!”说完这片假话，他觉得自己的身份确是很高，总不肯忘记了读书。

又闲扯了一番，彼此间的感情慢慢又往亲热里转回来：在唐先生看呢，这全是振华的错儿；不过既失了个博士女婿，就别再丢掉一位朋友。在文博士看呢，既然老唐已经服软，不好意思再赶尽杀绝；无论怎说，老唐到底是个有用的人。这种谅解先在心中盘旋着，渐次在语调言词中流露出来，像开水壶那样先在里面发泡，而后热气顶开了壶盖儿。话既说明，双方都得到些安慰，越说便越亲热，好像是多年的老友似的。

“文博士，有一件事要和你商议一下。”唐先生乘着热烈的感情还没消散，提出点实际的互助来：“听说，他们要设个什么委员会，专为调查与消灭过激的思想和人物。委员都是兼职，自然没多少工夫去作事，所以得请一位专员。事情虽然说不上很甜，可是很自由，不过是出去调查调查，然后作个报告而已。到处调查呢，自然身份也不低，连县长带一切的地方官吏都得好好的伺候着。这还不算，最值得一干的地方是在这里：真要是调查出来几案，报上去，专员在省里就露了脸；省里再报告给中央，省里又露了脸；这是个有出息的事，说不定混上一年半载，还许调到中央去呢；中央非常，非常注意这件事！小儿建华作这个就很合适，吃亏资格太浅，即使咱们把委员都托到了，恐怕说到资格这一层还不大能顺利。博士，你要是愿意干的话呢，我保险，准成。凭你的资格，凭我的奔走，一定能成。成了以后，我打开天窗说亮话，你作专员，建华作你的助手。你省得闲着，建华也去经验创练一下。这是咱们的协定，君子一言！博士你要愿意，我马上就去办。可是，原谅我的叨里唠叨，你必定得带着建华！怎样？”

“容我考虑考虑！”文博士异常的郑重，翻着眼珠，头偏着点，像个吃了一惊的鸡：“考虑考虑！”

唐先生微笑的等着，心里说：“考虑个屌！我给你去奔走，你还考虑，他妈的装这道蒜！”他心中真有些不平：假若自己或建华而有个博士资格！没法，为建华的出路，不能不借用博士这个名位，没法！他只好微笑着，看人家博士在那儿考虑。

“那个，唐先生，大概的说，专员能拿多少薪俸？”博士声音低重的问。

“那可说不上，”唐先生对博士的亲热劲儿全又跑了，要不是为栽培自己的儿子，他真想打博士两个嘴巴，虽然唐先生永远不敢打任何人。“这是条出路，是不是？”

“好吧，我们合作，我们合作！”博士觉得应当把话拉回来，别绷得太过火了。

“可得真正的合作，有你就必定有建华？”

“一定！”博士伸出右手来。

唐先生本来懂得握手的规矩，可是因为心中不平，把这个礼节忘了，所以把双手一拱，而后又赶紧双手拢住博士的手腕，像要练习国术的短打似的。

十

彼此答应下合作，心中都安静了一些，像吃下一丸定神的药似的，虽然灵不灵很是问题，但总得有点信心。为表示这个信心，文博士非请唐先生吃顿西餐不可。唐先生把所有的谦恭与推辞都说净了，没了法，只好依实的叨扰。

在吃饭的时候，文博士充分的拿出西洋绅士的气派来：低着声说话，时时用布巾轻轻的拭一拭嘴角；不但喝汤没有声响，就是置放刀叉也极轻巧；本来不渴，可是故意的抿一口凉水；全身的力气仿佛都放在牙上，有力而无声的嚼动，眼睛看着面前的杯盘，颇像女巫下神似的。他不但时常的看看对面的唐先生，也很关心别的饭客，看看大家注意到他——模范西餐家——没有。

唐先生并非没吃过西餐，但是他有他自己的吃法，就是和洋人一块儿用饭，他也不能更改他独创的规矩。喝汤的声音，在他看，是越响越好；顶好是喝出一头汗来，才算作脸。叉子可以剔牙，刀子可以进口，唯其运用自由，仿佛显出自然得体。最得意的一招，是把鸡骨头啐在地上。

文博士看不上唐先生这一套独门制造的规矩，所以自己越来越拿劲，好像是给大家看看，文明与野蛮的比较就在这里。他不便于当面劝阻唐先生往地上吐骨头，可是心中坚确的认明自己的优越，在一切的事情上他应当占上风，有剩汤腊水的赏给唐先生点儿也就够了。在这一餐的工夫里，他看清唐先生只配作个碎催，简直没法子去抬举，去尊敬。有了这点认识，他想起一些事儿来。

饭后，他不放唐先生走，又一同回到宿舍；给了客人一个美国橘子，他开了口：

"唐先生！咱们合作就合作到底！没有合作，没有成功，我由在美国的时候就这么相信。我把实话告诉你，也知道你必定能帮助我。事情成了之后，用不着说，我的发展也就是你的发展。我由北平来的时候，焦委员嘱咐我到大生堂杨家去。我一向没对你说，因为你我互相的认识还浅；今天咱们既是决定合作了，那么就应无话不说了。我打算马上就到杨家去，我需要你的帮助！"

唐先生细心的听着，脸上的笑纹越来越增多，可是自己也晓得笑得很没道理。听博士讲完，他还笑着，假装去剥那个橘子，心中极快的把这件事翻过来掉过来的思索了一番。杨家的事，他知道。文博士的志愿，他晓得。他要是愿意的话，早就可以把这两下里拉在一处了。可是，自从文博士来到济南，他对这件事的态度，虽然不想公然的破坏，但也丝毫不想出力成全；假若文博士早就独自下了手，到杨家去，他还真许给破坏一下。博士始终没去，所以他只好按兵不动。现在！既然提到这个，他得想想，细细的想想。

唐先生原来的计划是以振华来拉住文博士，以建华来代替文博士到杨家去。这个计划，到现在，已经破坏了一半，而且是自家人给破坏的——振华不听话。这一半既已没法补救——他没法强迫文博士与振华都听他的支配——其余的那一半是否还值得挣扎不呢？

杨家托过他作媒，他自然第一便想到建华。想教儿子一步就跳起去，作驸马是最有力的跳板，这无须再考虑。不过，杨家的姑娘什么样，他晓得。公主来到自己家里，唐家能伺候不能，他没有十分的把握。志愿是志愿，他的精明可是会到时候把志愿勒住，不能被志愿扯得满世界乱跑，况且，多少也要对得起儿子，作父亲的不能完全把儿子当作木头人似的耍弄。

这点考虑，使他满可以登时答应下文博士。可是，唯其是文博士，所以他仍然恋恋不舍的不忍得撒手杨家这门子亲事。这与其说是出于考虑，不如说是为争一口气。凭这么个博士，光杆儿博士，就能把自己所不敢希望的，或光是希望而决得不到手的，都能三言五语的拿到，他真有些不平！事业，婚姻，都得让博士一头；建华凭哪点弱于姓文的？只是缺少博士这两个字！

最使他难过的，还是他自己女儿的不顺从。她不但拒绝了博士，还把杨家的事告诉了博士，似乎故意的教唐先生既得不到博士女婿，也作不上公主的公公！

他不想为文博士去出力。文博士作了驸马，决不会有他自己什么好处，至多落一桌谢席，戴上朵大红花，作作媒人而已。专员已让给他，驸马又被他拿了去，唐先生这口气不好往下咽！

心中越不平，脸上的笑纹就更有增加的必要；只有他自己明白他是笑，还是哭呢。但是不能老这样的笑，他已觉出来笑纹已像些粥汁干在了脸上，他必须说点什么。且支应一句再讲吧：

“杨家不过是个卖药的。”

文博士笑起来：“唐先生，何必呢！你知道焦委员的计划，和我们留学生的身份。你管不管吧？”

“好的！”唐先生点了头。他知道杨家那位小姐的底细。这点知识教他迟疑不决，不敢冒冒失失的给建华身上拉她，虽然杨家的金钱与势力是不应当漠视的。现在文博士既然明白的说出，他心里又把她详细琢磨了一会儿，好吧，干她的去吧，唐家要不起她；假若她将来糟在博士手里，那决不是他的过错；而且必定得糟，假若这回事儿而能不弄得一塌胡涂，那么姓文的这小子也就太走运了。只希望它糟，糟得没法撕拉，因为它必糟，所以他答应下给文博士去办，这是帮忙，也是报仇，一打两用，好吧，给他办就是了：

“我愿把丑话说在前面，文博士，事情呢并不难，事情的好坏可不能由我负责。这是你嘱托我办的，我只管成不成，不管好不好，是这样不是?”

“只要能成就好!”文博士非常的坚决。在他想，唐先生的话里所暗示的也许是说杨家的密司长得差一点。这不成问题，多少多少阔人的太太都并不漂亮。太太并不能使人阔起来，太太的钱才是真正有用的东西。再说呢，有了钱，想玩漂亮的妇女还不容易。他觉得连看看都不必，成了这段事便有了一切，太太不过是个饶头，像铺子里买东西赠茶碗一样，根本谁也不希望那是顶好的磁器。“唐先生给分分心就是了，一切都出于我的情愿!”借题发挥，他把博士就是状元，应当享受一切的那一大套，又都说给唐先生听。

“好的！好的!”唐先生说不出别的来，心中的不平，与等着看文博士的笑话的恶意，把他的话都拦在心里，像一窝毒蜂似的围在了一处。好容易等博士发挥完了，他问了句：“这两件事要一齐办?”

“当然！当然!”文博士仿佛很赏脸，拿唐先生当了个义仆似的。“还不止两件，第三件也得分分心——那个。”他用食指与拇指捏成一个圈。“为那件事情，得先预备两套衣服；到杨家去，也得预备衣服，是不是?”

“可是事情也许不成?”唐先生的笑纹有点发僵。

“我的资格准够，准够；况且杨家是必须去的!”

“好不好，这次由你给焦委员封信？他未必回信，可是总算是备了案；我就好交待了。”

“也好！和焦委员还熟，也不能老为难你，是不是?”

“是的，那么我听你的信就是了。”唐先生随着这句又拱起手来，表示告辞。

文博士只送到门口，说了声“拜托”。唐先生独自摸索着下了楼。

回到家里，唐先生心中空空虚虚的，好像没吃饱似的那么不得劲。他不愿再想文博士的事，可是心里横着一股恶气，恶气当中最黑的那一点是文博士。

建华与树华都没在家；唐先生想对个人数唠一顿，出出气；只好找振华，虽然心中还恨着她。气憋得真难过，他到底找了她去。振华正在屋中给树华打毛线的手套，低着头，两手极快而脸上极安静的在床沿上坐着，见父亲进来，她微一抬头笑了笑。“在哪里吃的饭，爸？”又低下头去作活。

他看了看女儿，心中忽然一阵难过，不是怒，不是恨，不是气，而是忽然来到的一点没有什么字可以形容的难过。“哼，文博士请的。”

“他没提我？”她把手套放下，想去给父亲倒碗茶。

“不喝！”他摇了一下头。“文博士决定要到杨家去。”

“正好；据我看，咱们不必管他的事。这么大年纪了，你何不多休息休息，多给他们劳神才合不着。”

唐先生半天没说出话来，那点难过劲儿碰到她这两句话，仿佛是正碰得合适，把妒恶别人的怨怒变成一些可以洗手不管的明哲，他似乎看清了一点向来没见到的意思：唯其自己在种种的限制中勉强扎挣，所以才老为别人修路造桥；别人都走过去，他自己反落在后边。久而久之，他就变成了公认的修路工人，谁都可以叱呼他，命令他，而且自己就谦卑的，低声下气的，忍受，服从。假若他不肯这样白受累呢，谁知道，人们许照样的有路可走；不过，至少也得因为没有他这样的工人而受点别扭。有让路的才能显出打道的威风，假若有个硬立住不动的人，至少也得教打道的费点事，不是吗？

他想到了这一点。这一点使他恨振华的心思改为佩服她，亲爱她，并且自己也觉到一种刚强的，自爱的，自尊的，精神。

可是，他只想到了这么一点。

“爸！”振华微笑着，可是眼睛钉住了他：“你要是能休息休息，心中清楚一些，从新用对新眼睛看看这些事，你就必能后悔以前作的那些事够多么空虚，文博士们够多么胡涂。我说空虚与胡涂，还不仅是劝你不再作那样的事，招呼那样的人。我是说，那样的事，那样的人，根本是这个腐臭社会的事与人都该，都该……”她不愿再说下去，因为唐先生的眼中已经露出点害怕的样子。

唐先生能想到他自己的委屈，与自己的不便再为他人作嫁。他可是不能再往深里想，他根本不能承认这个社会腐臭。他以为女儿是——由拒绝文博士起，到现在这一段话为止——有点，有点，还不是别扭，是有点，他想不出个恰当的字来。他只觉得可怕。这点惧意教他又疏远了女儿，不想去劝她，也不想完全了解她。他隐隐的想到，女大当嫁，应当赶快把她嫁出去。可是她的婚事显然的又不很容易干涉与安排。他感到些腻烦，疲倦：“睡去；节下不放假呀？”

“不放。”她也露出点倦怠，把手套拿起来看了看，又放下了。

十　一

唐先生若是不管点什么闲事，心中就发痒痒；他到底把文博士介绍到杨家去。

进到杨家，他以为是到了女儿国。

杨家现在最有身份与势力的女人是五十多岁的一位老太太，她的年纪虽不很老，可是辈数高，已经有一群孙子。她的大儿子——杨家现在的家长——和她的岁数差不多，因为她是姨太太而扶了正的。她的丈夫去世的时候，她还不到三十岁。既经扶了正，而又能守节，手中又有不少财产，所以她的威权越来越高，现在似乎已经没人敢提她原是姨太太，甚至于忘了她是姨太太。

杨家现在有五六门都住在一处。在这位老太太之下，还有几位独霸一方的太太们，分别统辖着姨太太，姑娘，和少奶奶们。此外，各门中还有出了阁而回到娘家来的寡妇，和穷亲戚家来混三顿饭吃的姑娘与老太太。还有，男人借口出外去发展，而本意专为把不顺眼的太太扔在家里守活寡；不过这种弃妇可不算很多，除了吃饭的时候也不大爱露面。无论怎说吧，把这些妇女凑在一块儿，杨家没法儿不显着女多于男，很有些像法国。等到男人们都不在家，而大一点的男孩再都上了学，这一家子就至少像个女戏班子。

杨家的男人们虽然也有时候在家中会客，可是他们的交际多数还是在酒馆饭店与班子里；在这些地方他们更能表现出交友的热诚，和不怕花钱。就是打牌，他们也是到班子里去。偶尔有些重要的谈话与交涉，既没工夫到班子里去，也不到吃饭的时候，他们宁可上澡堂子，泡上顶好的“大方”，光着屁股，吸着烟卷，谈那么一会儿，也不肯把友人约到家中来。到家中来，他们至多能给客人一些茶点，怎样也不如在澡堂子里花钱多，在澡堂子里，事情说完，友人也顺手儿洗了澡，刮了脸，有湿气的还可以捏了脚，这才显出一点实惠。

在家中招待的男客，差不多只有常来往的亲戚与文博士一类的人；不过，这种客人统由杨家的妇女招待，男人们不大管这宗事儿。杨家的男人们晓得文博士这类宾客的来意，所以知道怎样的疏远着他们，等到妇女们把这样的宾客变成了杨家的亲戚。他们再过来打个招呼，既省事，又显着给妇女们一些作事的机会。

在招待这样的客人上，杨老太太当然立在最前面。文博士第一次来到杨家，便朝见了她。

杨家一共住着五六十间房，分成五个院子。当中的院落是杨老太太的。院子虽多，可是各处的消息很灵通，每逢文博士这样的客人来到，各院中的女人马上就都预备来看看与听听。看，自然是看客人了；听，是听听杨老太太的语气。不错，大家都有自己的一点意见，可是杨老太太的话才是最有分量的。假若她与客人说得来，她们之中才能有最喜欢的，与次喜欢的，还有专为将要有点喜酒吃而喜欢的。客人的模样与打扮是她们所要看看的，可不是她们所最注意的，她们最注意杨老太太的神色。她要是喜欢，她们才敢细看客人，即使客人的模样与打扮差点劲儿，她们也将设法去发现他的长处与特色。反之，她要是不喜欢，根本不用再看了，完事。她们所望来个漂亮的少年，还不如盼望杨老太太正心平气和那么恳切。他与她们的关系全凭杨老太太那一会儿的脾气如何。谁也不准知道她什么时候发脾气，所以客人一到就使她们大家的心跳。

文博士的确有点好运气。他朝见杨老太太的时候，正赶上她叫来两个“姑娘”给捶腰。杨家的人都晓得“姑娘”们最会把老太太逗喜欢了，因为“姑娘”们的话能钻到老太太的心中去，而把心中那些小缝子都逗到发麻。况且，若是用话还逗不笑老太太，她们还会唱些普通妇女不会，也不肯，唱的小曲儿什么的。杨老太太是姨太太出身，而又很早的便守了寡，现在虽然已经五十多岁，可是那一肚子委屈并不因为年岁而减少。她爱听班子里的“姑娘”们说点唱点，使自己神精上痛快一会儿。有许多“姑娘”们是她的干女儿。干女儿们给她轻轻捶着腰，唧唧咕咕的说些她以为不甚正当而很喜欢听的话儿，她仿佛觉得年轻了一些，闭着眼微叹，而嘴角挂上点笑意。在这种时候，她最欢迎青年的男客；一点别的意思没有——她五十多了——只是喜爱他们。好像跟青年男子谈那么一会儿就能弥补上她自己生命中所缺乏的一些什么。

杨老太太的脸色好像秋月的银光。脸上并不胖，可是似乎里面没有什么骨头，那一层像月色的光儿仿佛由皮肤上射出，不胖而显着软忽忽的，既不富泰，又不削瘦，似乎透明而不单薄。脸上连一个雀斑，一道皱纹，也没有。最使人难测的是那两只眼，几乎像三角眼，可是眼角不吊吊着，没有一点苦相。看人和东西，有时候是那么轻轻的一扫，由这里扫到那里，不晓得她要看什么，也没人知道她到底看见了什么；有时候她定住眼。定在人的脸上，直仿佛要打一个苍蝇时那么定住，眼珠极黑极亮，就那么呆呆的定着，把人看得发毛咕，而她却像忘了看的是什么。而后，她会忽然一笑，使人不知怎样好。一笑的时候，露出些顶白顶齐的牙来，牙缝儿可是很大，缝隙间的黑影一道一道的与白牙并列，像什么黑白相间的图案似的，非常的好看。忽然一笑，忽然的止住，赶紧又向四下轻快的扫一眼，或把黑眼珠钉在一个物件上或一个人的脸上。她的眼神与笑似乎是循环的，互相调剂的。在这个循环运动里，她仿佛无意中的漏露了一点身世的秘密——她没法完全控制住原先当太太时的轻巧与逢迎，又要变着法儿把现在的太太身份与稳重拿出来。像马戏场中走绳的，她自己老在那儿平衡自己的身手，可是看着的人老替她担着心。

杨老太太刚吃完两口烟，在床上歪歪着，她的干女儿玉红——粗眉大眼胖胖的，有二十四五岁，北方人——用两个胖拳头轻轻的给她捶着腰和腿；另一个干女儿银香——一个二十上下岁的南妓——斜跨着床头，手在老太太头上轻碎的捶着。一边捶着，二人东一句西一句的，南腔北调的，给老太太说些不三不四的故事与笑话。看老太太不大爱答碴儿了，银香的手更放轻了些，口中哼哼着一支南方的小曲，轻柔宛转的似乎愿把老太太逗睡了。

正在这时节，文博士到了。

老太太被两个“姑娘”捶得浑身轻松，而心中空空的，正想要干点什么不受累而又较比新鲜一些的事，那么接见一位向来没见过的青年男子似乎就正合适。她传令接见，赶紧穿上了件新袍子，脸上还扑上了一点儿粉。扶着玉红和银香，她慢慢的走到堂屋来。

文博士穿着新洋服，新黑皮鞋，戴着雪白的硬领与新得闪眼的花领带。在等老太太慢慢走出来的工夫，已经端了几次肩膀，挺了几次胸脯，拉了几次裤缝，正了几次领带；觉得身上已没有一点缺陷，他设法把最好的神气由心中调到脸上来：似笑非笑，眉毛微向上挑，眼睛看着鼻尖，自己觉得既庄严，又和蔼，而且老成之中显出英俊。大概一位大使去见一位皇后，也不过如是，他想。

见了老太太他把准备好了的礼节忽然的忘了，咚咚的向前迈了两步，右手伸了出去。老太太没伸手。他的脸轰的一下，红了多半截，赶紧往回杀步，弯下腰去鞠躬，尺寸没拿匀妥。头几乎顶住她的胸。玉红和银香转过脸去，唧唧的笑起来。

“坐！坐！”老太太的眼钉住文博士的鼻子，似乎很喜欢这个愣小子。

坐下，文博士疑心自己的鼻上也许有个黑点什么的，急忙掏出绸子手绢擦了擦，然后模仿着西洋人那种净鼻子的声调与气势，左右放炮，很响的鸣了两炮。两个妓女又笑起来。他摸不清这两个姑娘是干吗的。她们的态度与打扮使他怀疑，可是他想不到她们——如果是妓女——会来陪着杨老太太一同会客。她们的笑使他更加怀疑，也更想不出适当的办法。极快的他决定了，礼多人不怪，不管她们是干什么的，反正多鞠上一躬总不至有多大错儿。他立起来向她们打了个招呼。她们不敢笑出声来，可是把下巴扎在元宝领儿里去，脸都憋得发了红。文博士莫名其妙的又坐下了，挣扎着端起架子，仿佛没事儿似的，可是心中非常不得劲。杨老太太用黑眼珠由他扫到她们，张着点嘴，好像看见点新奇而有趣的事似的。

“把我的小茶壶拿来!”她告诉玉红而后问文博士：“贵处啊?”

文博士告诉了她，四川人，新由美国回来。

老太太愣了一会儿，然后向银香点了点头：“多么远的道儿呀！多么不容易呀!”她的口音虽然不完全像山东的，可也不十分像北平的，有点儿侉，可是并不难听。

听到这两句赞叹，文博士把脊背挺得更直了。

玉红把小茶壶拿来，一手捂着壶，一手把一杯极香的茶放在文博士身旁的小红木几上。

给客人倒老太太自用的小茶壶是，杨家的人都晓得，一种特别的恩宠。所以，玉红敬了茶之后，屋里开始增加人数。有从正门进来的，有从东间溜出来的，有从西间轻轻走进来的，还有仿佛不知是由哪儿进来而忽然立在老太太身旁的，妇人不多，几乎都是姑娘：有老的，也有小的；有胖的，也有瘦的；有的缠足，有的放脚，有的穿着高跟鞋；有的梳头，有的剪发，有的留着长辫子；有的低着头进来，直到立在老太太身旁才和旁人一吐舌头；有的大模大样的向客人点一点头；有的要向客人点头而又不好意思，一别头，噗哧一笑。

文博士的头上冒了汗。他不招呼她们吧，有点失礼；招呼她们吧，她们的态度与礼节又是那么不一律，简直没法儿对付。更难堪的是他坐在那儿，明知道大家都看怪物似的看他，而还得撑着劲作为没这么回事儿。他的美国办法与美国知识一点儿也拿不出来，只能僵不吃的在那里坐着。越坐着越难堪，她们都咬着耳朵批评他呢：有的偷偷的指他的鞋，有的看他的鼻子一眼而拉拉旁边的人的袖子一下，有的不敢抬头而捂着嘴一劲的笑。

可是，他不肯走，他甘心愿意在这儿僵着。第一，他以为一家子里能有这么多只讲吃穿而不作事的女子，不用说，必是个大富之家。那么，他是来对了地方，决不能因一时的难堪而放弃了这么好的门路。第二，他还不晓得这里的哪位女士是唐先生要给他介绍的那一个；他得使点心路，设法探问出来，以便决定进退。万一她真长得像个驴似的呢，他应当回去想想再说。这么决定好，他开始运动眼珠，假装是看屋里的陈设与字画，可是眼角把所有的姑娘都扫了一眼。没有什么特别好看的，也没有什么特别难看的，他心中很难过，他几乎想看见个丑得出奇的，而且就是他的将来的太太；娶个奇丑的女子多少也有些浪漫味儿吧？他不喜欢这平凡的一群。

杨老太太和客人应酬了几句之后，叫玉红和银香出主意，干什么玩？一边跟她俩商量，她一边用眼扫着文博士，仿佛表示出她哄着客人玩，或是客人哄着她玩，都是最好的办法；除了玩一会儿，她想不出再好的招待方法与更正当的交际。她就像个老小孩子，一个什么也知道而专好玩的老小孩子。

商议了半天，老太太决定打牌。“来吧，文先生！”老太太并没征求客人的同意，而且带出决不准驳回的神气。

文博士没敢表示任何意见，他决定听天由命。钱，他没带着多少；但是不能明说。输了，就很糟；可是因此就更不能露出自己的弱点。打牌，他认为不是什么正当的娱乐；可是今天他不能不随和。他决定先把老太太伺候好了再说，不管她怎样，不管这一群女的怎样，反正她们有钱，他是找到了金矿，不能随便的走开！

十　二

文博士的牌打得很规矩。可是他打不出劲头来：上家是玉红，下家是银香，对门是杨老太太；六只瞟着瞭着的眼睛，使他安不下心去。是的，由那两位“姑娘”的口中，他知道了她们是老太太的干女儿；但是他纳闷，为什么老太太单要这样的干女儿呢？他憋闷得慌。由这点事情上，他怀疑到自己的婚事。他始终还没认出哪位女郎是唐先生所提到的。他急于要看见她，看看她是否像杨老太太这么随便的和妓女们交往。他的心简直的没法都放在自己的牌上。假若那位杨女士也是那么随随便便呢，他该当怎办？能够随便的放弃了她吗？不，她大概不能这样。她一定不是面前这些女子中的任何一个，她是正经地道的小姐，一定是还没出来。真希望她出来；不出来可也好，小姐是不能轻易出来见个生人的……翻来覆去的这么乱想，他的牌只能维持住应有的规矩，一点不见精彩。两圈过去，他还没有和一把；手中的筹码渐渐的少起来。他知道自己的皮夹里是怎样的空虚，不能输，输了就当场出彩；这是头一次到杨家来！根本就不应当坐下，为什么这样好说话呢？可是，不这样随和，怎能更进一步的去求婚呢？万一输了呢？乱，乱，他几乎忘了补牌！

这点难过，这点迷乱，使他把过去的苦处都想了起来。他很想哗啦一下子，把牌推开，堂堂的男子汉，谁能哄着三个娘儿们玩这套把戏呢？可是，不能这样办，决不能！谁知道这里有多少好处呢？况且是只须陪着她们玩，就能玩出好处呢！忍耐一些吧！他劝告着自己：等把钱拿到手里再说。把这个机会失掉，只能怨自己性子太急，“文博士，请忍耐一些！”他心中叫着自己。

眼前似乎亮了一些，随手抓来张好牌，把精神全放在牌上去，心中祷告着：这把要是和了，事情就一定有希望！转了两轮，果然把牌和出来了！他不由的笑了。不在乎这一把牌，他笑的是为什么这样巧呢，单单刚一祷告就真和出来！有希望，有希望！洗牌的时候，他的手碰上了银香的，银香瞭了他一眼。他心里说，哪怕唐先生给介绍的就是银香，他也得要。钱是一切，太太只是个饶头，管她是谁呢，管她怎样呢！

不错，按着美国规矩，就凭这个博士学位，他应当去恋爱，由恋爱而结婚，组织起个最美满的小家庭，客厅里摆着沙发地毯与鲜花。可是，美国的规矩得在美国才能行得通呀，而这是中国。在中国，博士得牺牲了爱情，那有什么法儿呢，反正毛病是在中国，文博士没错儿。对的，扣着这张白板！愣吊单，也不撒手它！“白板？单吊！”文博士推了牌，眼睛发了光。

又抓好了牌。文博士正在审查这一把的情势，而大概的决定怎样打法；玉红站了起来：“来吧！”文博士赶紧把眼由牌上移开，顺着玉红的眼线往外看。银香也赶紧立起来：“打我这一手吧！”文博士似乎还没看清楚这个使她们都立起来的女子，她就仿佛是个猫，不是走，而是扶一把椅子，又扶一把桌子，那么三晃两晃的已来到玉红的身旁，轻快而柔软，好像她身上没有骨头似的，在玉红身旁略一喘气儿，她的腰一软，斜坐在椅子上，打量了文博士一眼，她极快把眼放到牌上去。

“这是文博士，”杨老太太打出张牌来，向那个女的说。

她抬了抬眼皮，似看见似没看见的，大概的向他一点头，身儿还斜着，伸手去安插牌。

“六姑娘，”杨老太太似乎是向文博士介绍，眼睛并没离开牌。

六姑娘轻快而又懒洋洋的转正了身。

文博士几乎又忘了他的牌，设法调动自己的眼睛去看这位六姑娘；大概就是她吧？他心中猜想。由玉红与银香的态度上，他看出来，六姑娘一定有些身份，大概就是她！

六姑娘大概有二十一二岁。脸上的颜色微微的有点发绿，可是并不算不白。一种没有什么光泽的白，白中透着点并不难看的绿影。皮肤很细，因为有点发绿，所以并不显着润。耳目口鼻都很小，很匀调，可是神气很老到。这细而不润，白而微绿，娇小而又老到的神气，使人十分难猜测她的性格与脾气。她既像是很年轻，又像是很老梆，小鼻子小眼的像个未发育成熟的少女，同时撇嘴耸鼻的又像个深知世故的妇人。她的举动也是这样，动作都很快，可是又都带出不起劲的神气，快似个小孩，懒似个老人，她仿佛在生命正发展的时期而厌烦了生命，一切动作都出于不得已似的。她实在不能算难看。可就是软软的不起劲。她的衣服都是很好的材料，也很合时样，可是有点不甚齐整，似乎没心程去整理；她的领扣没有系好，露着很好看的一段细白的脖子。她不大说话，更不大爱笑。打了两三把牌，文博士才看到她笑了一回，笑得很慢很懒。一笑的时候，她露出一个短小的黑门牙来，黑亮黑亮的极光润。这个黑牙仿佛定在了文博士的心中，他想由她的相貌与服装断定她的人格，可是心中翻来覆去的只看到这个黑牙，一个黑的，黑而又光润，不但是不难看，反倒给她一些特别的娇媚，像白蝴蝶翅上的一个黑点。由这个牙，他似乎看出一点什么来，而又很渺茫不定，她既年轻又老到，既柔软又轻快，难道她还能既纯洁又有个污点，像那个黑牙似的吗？他不敢这么决定，可是又不敢完全放心，心中很乱。他想跟她谈一两句话，但是不知道叫她什么好："杨女士"似乎很合适，可是不知道为什么他不肯用这个称呼。"六姑娘"，他又叫不出口。

六姑娘的牌打得非常的快，非常的严，可是她似乎并没怎样注意与用心。一会儿她把肘放在桌上，好像要趴着休息一下；一会儿她低头微微闭一闭眼，像是发困，又像是不大耐烦，嫌大家打得太慢似的。

文博士觉得已经把她看够，不好意思再用眼钉着，于是又开始把精神都放在牌上去。随着看一张地上的牌，他无心的看了她一下，她正看着他呢，出着神，极注意而又懒洋洋的看着他。他与她的眼光碰到一处，她一点也不慌不忙，就那么很老到的，有主意的，还看着他；他倒先把眼挪开了。文博士觉得非常的不得劲儿。六姑娘这个老到劲儿绝不像个少女所应有的；或者她缺着点心眼，或是有什么心病？又过了一会儿，她的肘又放在桌子上，好像写字的时候那么一边思索一边写似的，她歪着点头，出神的看着他。这么愣了一会儿，忽然她一笑，极快的用手腕把牌都推倒了，她和了牌。她的肘挪开了，好去洗牌，可是她斜过身，来把脚伸到他这边来：穿着一双白缎子绣花的鞋。

打完八圈牌，文博士输了九块多钱。大家一点不客气的把钱收下了，连让一让也没有。他一共带着十块钱，把牌账还清，他的皮夹里只剩下了些名片。可是他并没十分介意这个，他一心净想把六姑娘认识清楚了。她立起来，身量并不很矮，但是显着矮，她老像得扶着什么才能立得稳，身子仿佛老蜷着一些，假若她旁边有人的话，她似乎就要倒在那个人身上，像个嫩藤蔓似的时时要找个依靠。一手扶着桌角，她歪歪着身儿立着，始终没说话。文博士告辞，杨老太太似乎已经疲倦，并没留他吃饭，虽然已到了吃饭的时候。看他把帽子戴好，六姑娘轻快而柔软的往前扭了两步，她不是走路，而是用身子与脚心往前揉，非常的轻巧，可是似乎随时可以跌下去，她把文博士送出来，到了院中，文博士客气的请她留步，她没说什么，可是眼睛非常的亮了，表示出她还得送他几步。到了二门，她扶住了门，说了句：“常来玩呀！”她的声音很小很低，可是清楚有力，语声里带出一些希冀，恳求，与真挚，使人觉出她是非常的寂寞，而真希望常有客人来玩玩。

文博士的心中乱了营。六姑娘的模样没有什么特别美好的地方，他知道自己不能对她一见倾心，像电影里那些恋爱故事似的。论她的打扮，虽然很合时样，可是衣服与人多少有点不相陪衬：假若她是梳着辫子，裹着脚，或者更合适一些。就是衣服的本身，似乎也不完全调和，看那双白缎子鞋——妓女们穿的；把这都搁在一边，他到底看不清她是怎回事。她寂寞？那么一大家子人，又是那么阔绰自由，干吗寂寞？缺点心眼？她打牌可打得那么精？他猜不透。

但是，无论怎样猜不透她，他似乎不能随便的放弃了她。这使他由纳闷而改为难过。以他的身份说，博士；六姑娘呢，至多不过是高中毕业。这太不上算了，他哪里找不到个大学毕业生呢？把资格且先放在一边，假若真是爱的结合，什么毕业不毕业的，爱是一切；可是他爱这个六姑娘不爱呢？她使他心中不安，猜疑，绝谈不到爱。怎办呢？

不过，杨家的确是富！他心中另找到个女子：有学问，年龄相当，而且相爱，可是没有钱，假若有这么个女士，他应当要谁呢？他不能决定。他必须得赶紧决定，不能这么耽搁着。要谁呢？他闭上了眼。还是得要六姑娘，自己的前途是一切，别的都是假的；有钱才能有前途！

这么决定了，他试着步儿想六姑娘的好处。不管她的学问，不管她的志愿，只拿她当个女人看，看她有什么好处。她长得不出色，可是也看得过眼，决不至于拿不出手去。况且富家的姑娘，见过阵式，她决不会像小家女儿那样到处露客（切）。她的态度，即使不惹人爱，也惹人怜：她是那么柔软，仿佛老需要人去扶持着，搂抱着。她必定能疯了似的爱她的丈夫，像块软皮糖似的，带着点甜味儿粘在他身上。他眼中看到了个将来的她，已经是文博士夫人的她：胖了一些；脸上的绿色褪净，而显出白润；穿上高跟鞋，身上也挺脱了好多；这样的一位太太，老和他手拉手的走着，老热烈的爱他，这也就够了。太太总是太太，还要怎样呢？况且一句话抄百宗，她必定能给他带来金钱与势力；好，就是这样办了！

假若这件事有个缺点，就是缺少点恋爱的经过，他想。不过，这容易弥补。约她出来玩玩好了；即使她不肯出来，或是家中不许她出来，他还可以常常找她去；只要能多谈几回话儿，文博士总会把恋爱的事儿作得很满意的。这么着，他又细细的想了想，就什么也不缺了，既合了美国的标准，又适应了中国的环境；既得到了人，也得到了金钱与势力。他决定过两天还到杨宅去。

十　三

是的，文博士急于要找个地位。可是，也不是怎么的，他打不起精神去催唐先生。他的心似乎都放在杨家了。落在爱情的网中？他自己不信能有这么回事。嗽，不错，杨家的钱比地位还要紧；可是，头一次去拜访就输了九块多！按这么蹚下去，蹚到那儿才能摸到底儿呢？他几乎不明白自己是怎么回子事了。寂寞，真的；他愿找个地方去玩玩。但是，这不是玩的时候；至少他应该一面找地方去玩，一面去帮助唐先生办那回事。打不起精神去找唐先生；是的，杨家的六姑娘确是像块软皮糖，粘在他的口中，仿佛是。只要他一想动作，就想找她去。不是恋爱，可又是什么呢？假若真是恋爱，他得多么看不起自己呢？就凭那么个六姑娘；不，不，绝不能是恋爱。文博士不是这么容易被人捉住的。他有他的计划与心路……无论怎么说吧：他一心想再到杨家去。为爱情也好，为金钱也好，他觉得他必须再去，至不济那里也比别处好玩。杨家的人那种生活使他羡慕，使他感到些异样的趣味，仿佛即使他什么也得不到，而只能作了杨家的女婿，他也甘心。杨家的生活不是他心目中的理想生活，但是他渺茫的想到，假使把这种生活舒舒服服的交给他，他愣愿意牺牲他的理想也无所不可。这种生活有种诱惑力，使人软化，甘心的软化。这种生活正是一个洋状元所应当随手拾得的，不费吹灰之力而得到一切的享受，像忽然得到一床锦绣的被褥，即使穿着洋服躺下也极舒服，而且洋服与这锦被绝没有什么冲突的地方。

他又上了杨宅。

这回杨老太太没大招呼他。有钱的寡妇，脾气和夏云似的那么善变，杨老太太的冷淡或和蔼是无法预测的。她生活在有钱的人中，但是金钱补不上她所缺欠的那点东西！所以她喜欢招待年轻的男客人，特别是在叫来“姑娘”们伺候着她的时候。“姑娘”们的言语行动使她微微的感到一些生趣，把心中那块石头稍微提起来一点，她觉得了轻松，几乎近于轻佻。可是，“姑娘”们走了以后，她心中那块石头又慢慢落下来，她疲倦，苦闷，仿佛生命连一点点意思也没有，以前是空的，现在是空的，将来还是空的。在这种时候，她特别的厌恶男人；以前她那个老丈夫给她留下的空虚与郁闷，使她讨厌一切男人。她愿意迷迷糊糊的躺着，可怜自己，而看谁也讨厌。她的脾气，在这时候，把她拿住，好像被个什么冤鬼给附下体来似的。

由唐先生所告诉他的，和他自己所能观察到的，文博士知道他第一须得到杨老太太的欢心；给她哄喜欢了，他才能有希望作杨家的女婿。这次，她是这么冷淡，他的心不由的凉了些。走好呢，还是僵不吃的在那儿坐着呢？他不能决定。这么走出去，似乎很难再找个台阶进这个门；不走，真僵得难过。杨家的男人，显然的没把他放在眼中，遇上他，只点一点头就走过去，仿佛是说："对了，你伺候着老太太吧，没我们的事！"那些女人呢，除了杨老太太，似乎没有一个知道怎样招待他的，她们过来看看他，有的也问他一半句无聊的话，如是而已。

杨老太太陪客人坐了一会儿，便回到自己的屋中去，连句谦虚话儿也没说。文博士偷偷的叹了口气。

他刚想立起来——实在不能再坐下了——向大家告辞，六姑娘进来了。她今天穿上了高跟鞋，身上像是挺脱了一些，虽然腰还来回的摆动，可是高跟鞋不允许她东倒西歪的随风倒。假若她的腰挺脱了些，她的肩膀可是特别的活动，这个往上一端，那个往歪里一抬，很像电影上那些风流女郎，不正着身往前走，而把肩膀放在前面，斜着身往前企扈。她很精神：脸上大概擦了胭脂，至少是腮上显着红扑扑的，把那点绿色掩住；嘴唇抹得很红，可是依然很小，像个小红花蓇葖；眼放着点光，那点懒软的劲儿似乎都由脸上移到肩膀臂上去，可是肩膀与胳臂又非活动着不足以表示出这点绵软劲儿来，所以她显着懒软而精神，心中似乎十分高兴。

文博士第一注意到，她今天比上次好看了许多。不错，她的那点红色是仗着点化妆品，可是她的姿态是自己的；这点姿态正是他所喜欢的：假若她是由看电影学来的，电影正是他心中的唯一的良好消遣，不，简直可以说是唯一的艺术。第二，他注意到她的高兴与精神。她为什么高兴？因为他来了，他可以想象得到。正在这么窘的时候，得到一个喜欢他的人，而且是女人，他几乎想感激她。冲着她，他不能走。不管这是爱不是，不管她到底是怎样的人物，他不能走。况且，假若不是为爱情，而是为金钱，他才来到杨家受这份儿罪，那么就把爱拿出一点来，赏给这个女人，也未必不可。把金钱埋在爱情的下面，不是更好看些么。更圆满些么？对，他等着看她怎么办了。他心中平静了好多，而且设法燃起一点儿爱火来。

她一闪似的就走到他的面前，临近了，她斜着身端起一个肩膀来，好似要请他吃个馒头，圆圆的肩头已离他的嘴部不很远了。他习惯的，伸出手来，她很大方的接过去握了握。屋中老一些的女人们把眼都睁圆了，似乎是看着一幕不大正当而很有意思的新戏。

六姑娘的眼光从文博士的脸上扫过去，经过自己的肩头，像机关枪似的扫射了一圈；大家都急忙的低下头去。仿佛爽性为是和她们挑战，她向文博士说了句："这里来吧！"说完，她在前引路，文博士紧跟在后边，一齐往外走。她的脊背与脖梗上表示出：这里，除了杨老太太，谁也大不过她自己去；文博士也看出这个来，所以心中很高兴。

她一边往东屋走，一边说，"这里清静，我自己的屋子！"

文博士想——按着美国的规矩——这似乎有点过火；刚

见过两面就到她自己的屋中去。可是，他知道事情是越快越好；他准知道六姑娘是有点爱他，而她又是这么有威风与身份，好吧，虽然忙中往往有错，可是这回大概不会有什么毛病，既是已看清她的身份与用意。

一进东屋，文博士就看出来，这三间屋都是六姑娘的，因为桌椅陈设和北屋完全不同，都是新式的，而且处处有些香粉味。这又让他多认识了些她的身份。看着那些桌椅与摆设，他也更高兴了些。杨老太太屋中的那些也许更值钱，更讲究，可是他爱这些新式的东西，这些新式的东西使他感到舒适与亲切。北间的门上挂着个小白帘子，显然是她的卧室。外边的两间一通联，摆着书橱，写字台，与一套沙发。他极舒适的坐在了沙发上，身下一颤动，使他恍忽的想起美国来，他叹了口气。

六姑娘来到自己的屋中，似乎又恢复了故态，通身都懒软起来。刚要扶着椅背坐下，她仿佛一滚似的，奔到书橱去。拿出本绿皮金字的小册子来："给写几个字吧！"

文博士要立起来，到写字台那里去写，她把他拦住了："就在这里吧！"说完，她一软，就坐在了他旁边。

"写什么呢？"文博士拿下自来水笔，轻轻的敲着膝盖。

"写几句英文的，"她的嘴几乎挨到他的耳朵，"你不是美国的博士吗？"

文博士从心里发出点笑来："杨女士有没有个洋名字？"

"中国名字叫明贞，多么俗气呀！外国名字叫丽琳，还倒怪好听。"她的声音很微细，可是很清楚，也许是挨着他很近的缘故。

文博士很想给她写两句诗，可是怎想也想不起来，只好不住的夸赞："丽琳顶好！电影明星有好几个叫这个名字的！"

"你也爱看电影吧？"

"顶喜欢看！艺术！"

"等明儿咱们一同去看，我老不知道哪个片子好，哪个片子坏；看完之后，常常失望。"

"对了，等有好片子的时候，我来约密司杨，这我很内行！这么着吧，我就写一句电影是最好的艺术吧？"

"不论什么都行！"

他翻了翻那小册子，找到一张粉色纸写上去。

丽琳拿出匣朱鸪绿糖来，文博士选了一块，觉得好不是劲儿。在美国，在恋爱的追求期间，是男人给女子买这种糖。现在，礼从外来，他反倒吃起她的糖来，未免太泄气。可是，她既有钱，而他什么也没有，只好就另讲了。

有糖在口中，两个人谈的更加亲近甜蜜了许多。文博士看明白，她敢情不是不爱说话，而是没找到可以交谈的人。

在谈话中间，文博士很用了些心思，探听丽琳的一切；她呢，倒很大方，问一句说一句，非常的直爽简单。自然，她也有不愿意直说的话，可是她的神色并没教他看出来她的掩饰。他问她的资格，她直言无隐的说她只在高中毕过业。这倒不是她不愿意深造，而是杨家不喜欢儿女们有最高的教育与资格，因为有几个得到这样资格的，就一去不回头，而在外边独自创立了事业，永远不再回来。杨家因此不愿意再多花钱造就这种叛徒。她很喜欢求学，无奈得不到机会。这个，文博士表示出对她的惋惜，也能十分的原谅她。同时，他也看得很明白：杨家不是没钱供给子弟们去到外国读书，而是怕子弟们有了高深的学问与独立的能力，便渐次拆散了这个大家庭。自家的子弟既不便于出洋，那么最方便的是拉几个留学生作女婿。这点，他由丽琳的神气上就能看得出来；她是否真愿去深造暂且可以不管，她可是真羡慕个博士或硕士的学位。她有了一切，就缺少这么个资格。把这个看清，他觉得这真是个巧事，他有资格而没钱，她有钱而没资格；好了，他与她天然的足以相互补充，天造地设的姻缘。

他又试着步儿问了她许多事，她所喜欢的也正是他所喜欢的，越说似乎越投缘。在最初来到杨家的时候，他以为这个大家庭必定是很守旧，即使婚姻能够成功，他也得费许多的事去改造太太，把她改造成个摩登女子。现在，听了丽琳这些话，他知道可以不用费这个事了，她是现成的一个摩登女子，像一朵长在古旧的花园中的洋花。他几乎要佩服她了。她既是这么个女子，就无怪乎她好像饥不择食似的这么急于交个有博士学位的男朋友，不是她太浪漫，而是因为她不喜欢这个旧式的大家庭。这么一想，他以为就是马上她过来和他接吻，也无所不可了。他是入了魔道，可是他以为自己很聪明，很有点观察的能力，所以怎么看怎么觉得这是件最便宜最合适的事。在她屋中坐了一点多钟，吃了四五块朱鸪绿糖，他仿佛已经承认他与她有了不可分离的关系，由着他的想象把她看成个理想的伴侣，把他最初所看到的她的缺点都找出相当的理由去原谅。

杨老太太大概是又忽然高了兴，打发个女仆过来请文博士与六姑娘到上屋去打牌。文博士有点为难。伺候老太太是，他以为，这场婚事过程中必须尽到的责任，他不能推辞。可是，手里是真紧，一块钱也是好的，何况一输就没准儿是多少呢。自然，用小虾米钓大鱼，不能不先赔上几个虾米；怎奈连这几个小虾米都是这么不易凑到呢！他一定是真动了点心，他的眼微微有点发湿。

丽琳的眼简直的没离开文博士的脸，连他的眼微微有点发湿也看到了。“哟，你怎么了？”

博士晓得须扯个谎：“你看，我……”他叹了口气，“我看你这样的娇生惯养，一大家子人都另眼看待你；我呢，漂流在外，这么些年了，相形之下，有点，有点感触！”

“你就在这儿玩好了，天天来也不要紧，欢迎！咱们陪老太太玩会儿去；输了，我给你垫着，来！”她摸出三张十块钱的票子来，塞在他的口袋里。

“不！不！”文博士明知这点钱极有用，可是也知道假若接收下，他便再也没个退身步儿，而完全把自己卖出去。

“捣什么乱，快来！”她一急，几乎要拉他的手，可是将要碰到了他的，又收了回去。

文博士低着头往外走，心里说：“卖了就卖了吧，反正她们有钱，不在乎！”

十　四

秋天的济南，山半黄，水深绿，天晴得闪着白光，树叶红得像些大花。温暖，晴燥，痛快，使人兴奋，而又微微的发困。已过重阳，天气还是这么美好。

文博士把对济南的恶感减少了许多，一来是因为天气这样的美好，二来是因为丽琳已成为他的密友。他一点也不觉得寂寞了。济南一切可玩的地方，她都领着他逛到。许多他以为是富人们所该享受的，她都设法儿教他尝一尝。他已经无法闲着，因为她老有主意，而且肯花钱。这样惯了，他反倒有点怕意，假若没有了她，他得怎样的苦闷无聊呢？这样惯了。他承认了她该花钱，他应白吃白玩，一点也不觉得难堪了。他似乎不愿去再找事谋地位了，眼前的享受与快乐仿佛已经很够了似的。假若他还有时候想到地位与谋事，那差不多是一种补充，想由自己的能力与金钱把现在的享受更扩大一些，比如组织起极舒服极讲究的小家庭，买上汽车什么的。这么一想，他就有时候觉得丽琳还差点事，没有受过高等教育，模样也不顶美，假如他能买上汽车，仿佛和她一块儿坐着就有点不尽如意。可是，他能否买上汽车还是个问题；不，简直有点梦想。那么，眼前既是吃她喝她，顶好是将就一下吧。谁知道自己的将来一定怎样呢，已到手的便宜似乎不便先扔出去吧？况且，丽琳又是那么热烈，几乎一天不见着他都不行。见着他以后，她没多少可说可道的，可是几乎要缠在他身上——在他俩第三次会面的时候，她已设法给了他一个吻。她既这样，他似乎没法往后退，没法再冷淡，只好承认这是恋爱的生活。在他睡不着的时候，他屡屡的要怀疑她，几乎以为她是有点下贱，或是有点什么毛病。可是一见了她，他便找到很多理由去原谅她，或者没有工夫再思想而只顾了陪着她玩。在和她玩的时候，他不能不偶尔拿出一点热情来，他不能像握着块木头似的去握她的手，也不能像喝茶时候拿嘴唇碰茶杯似的去吻她。不，他总得把这些作得像个样子。惯了，他没法再否认他的热情，良心上不允许他否认已作过的事。他有点迷糊。一心的想在这件事上成功，而这里又是有那么多几乎近于不可能的事儿，不敢撒手，又似乎觉得烫得慌，他没了办法。他看的清清楚楚，不久，她一定能和他定婚。拒绝是不可能的，接受又有点别扭。没法不接受，只能这么往下硬蹚了。那天，陪着杨老太太打牌，打到了半夜，他觉得非常的疲倦；杨老太太劝他吃口烟试试，他居然吸了一口。虽然不甚受用这口烟，可是招得大家都对他那么亲热，他不能不觉到一点感激；他是谁？会教大家对他这么伺候着，爱护着。虽然他反对吃烟，可是这到底是一种阔气的享受；他不想再吃。但是吃一口玩玩总得算领略了高等人的嗜爱与生活。假若这个想法不错，那么他便非要丽琳不可了，她是使他能跳腾上去的跳板。再说呢，这些日子他已接受了不少他所不习惯的事：济南来了旧戏的名伶，丽琳便先买好了票而后去约他。他一向轻视旧戏。可是看过几次之后，有丽琳在一旁给他说明，他也稍微觉出点意思来。丽琳自己很会唱几句，常常用她那小细嗓儿哼唧着。他开始怀疑自己的反对旧戏也许是一种偏见，这点偏见来自不懂行。这么一怀疑自己，他对一切向来不甚习惯的事都不敢再开口就批评了，恐怕再露客（切）。富人们的享受不一定都好，可是大小都有些讲究；他得听着看着，别再信口乱说。这不是投降，而是要虚心的多见多闻，作为一种预备，预备着将来的高等生活。以学问说，他是博士，已到了最高的地步，不用再和任何人讨教；以生活说，他不应当这样自足自傲。是的，无论怎么说，自己的身份满够娶个最有学问的女子，丽琳不是理想的人物；但是她有她的好处，她至少在这些日子中使他的生活丰富了许多，这样总得算她一功。天下恐怕没有最理想的事吧？那么，她就是她吧，定婚就定婚吧，没别的办法，没有！

有一天，文博士和丽琳在街上闲逛。她穿着极高的高跟鞋，只能用脚尖儿那一点找地，所以她的胳臂紧紧的缠住了他的，免得万一跌下去。街上的人越爱看她，她似乎越得意，每逢说一个字都把嘴放在他的耳旁，而后探出头去，几乎是嘴对嘴的向他微笑。设法藏着，而到底露出一点那个黑而发光的牙。

唐振华从对面走了来。文博士从老远就看见了她。躲开她吧，不合适；跟她打个招呼吧，也不合适。他不知怎的忽然觉得非常的不得劲。又走近了几步，她也认出来他，并且似乎看出他的不安与难堪来，很巧妙的她奔了马路那边去。文博士拉着丽琳假装看看一家百货店的玻璃窗里摆着的货物，立了一会儿，约摸着振华已走过去，才又继续的往前走。他心中很乱。振华与丽琳在他心中一起一落，仿佛是上了天秤。振华没有可与丽琳比较的资格，凭哪样她也不行。可是，忽然遇上她，教他开始感觉到丽琳的卑贱。振华的气度与服装好像逼迫着他承认这个。他若是承认了丽琳卑贱，便无法不也承认自己的没出息。振华的形影在他心里，他简直连呼吸都不畅快了，他堵得慌。

可是，他知道他已不能放下丽琳。那么，他只好去恨恶振华。本来没有什么可恨恶她的理由，但是不这样他就似乎无法再和丽琳亲密。振华的气度与思想教他惭愧，教他轻看丽琳。他回过头去，把振华的后影指给了丽琳："那个，唐先生的女儿，别看长得不起眼，劲儿还真不小呢！"他笑起来。本想这么一笑，就能把刚才那一点难堪都抛除了去，可是笑到半中腰间，自己泄了气，那点笑声僵在了口中，脸上忽然红起来。同时，丽琳把手由他的胳臂上挪下来，两个小黑眼珠里发出一点很难看的光儿来。他开始真恨振华了。

他不敢责备丽琳的心眼太小，更不愿意向她求情，可是她两三天没有搭理他。他吃不住了劲。为是给自己找一点地步，他认为这是她真爱他的表示，因爱而妒，妒是不大管情理的。好吧，他是大丈夫，不便和妇女斗气，他得先给她个台阶。经他好说歹说，她才哭了一阵，哭着哭着就笑了。

她不能不笑，因为她已经把他拿下马来。她没有理由跟他闹，她也并不怀疑振华，她只是为抓个机会给他一手儿瞧。她肯陪着他玩，供给他钱花，她也得教他知道些她的厉害。吻与打两用着，才能训练出个好男人来，她晓得。在闹过这一场之后，她特别的和他亲热，把他仿佛已经拴在了她的小拇指上随意的耍弄着。他也看出这个来，可是一点办法没有，自己为的是钱，那还有什么可说的呢？反之，他倒常常往宽处想：自己要个有钱的女子，竟自这么容易的得到，不能不算有点运气，那么，小小的拌两句嘴，又算得了什么呢！要达目的地便须受行旅的苦处，当然的！

过了几天，他又在街上遇着了振华。因为他是独自走着，所以跟她打了个招呼。

"文博士，"她微微一笑，"老些日子没见了。父亲正想找你谈一谈呢。为那个差事，他忙极了，他要找你去，看看你还有什么门路没有。父亲办事专靠门路！"

"一半天我就到府上去，我也没闲着，事情当然是！"他忽然截住了下半句。

“——门路越多越好？”她又笑了一下，“好，改天见！”

他没还出话来。说不出来的他要怎样恨这个女人，她的话永远带着刺儿；为什么一个女的会这样讨厌呢！他猛的唾了一口吐沫，像一出门遇上个尼姑似的那么丧气。

她的讨厌还不止于说话难听，一遇上她，他就马上想用另一种眼光去重新估量丽琳的价值。在这个时候，他能很冷酷的去评断，而觉得丽琳像条毒蛇似的缠上了他身上。

自然，过一会儿，他又去找那条毒蛇，而把振华忘掉。可是，他不能完全放心了，他总想找出些丽琳的毛病来，不为别的，仿佛专为对得起良心。振华使他难堪，不安，惭愧，迷乱。他找不到丽琳的毛病，因为不敢去找，找到了又怎样呢？莫若随遇而安。可是，可是，振华的形影老在他心里闹鬼；他没法处置丽琳，只好越来越恨振华了。

文博士愿意知道而不敢寻问的是这么一点事：丽琳是个又聪明又笨的女孩子。正像个目不识丁而很会摆棋打牌的人，她的聪明都用在了生命的休息室中。在读书的时候，她就会跳舞，打扮，演戏！出风头，闹脾气，当皇后。她的钱足以帮助她把这些作到好处。在功课上，她很笨。在高小，初中，高中，她都极勉强的能毕业；与其说她能毕业，还不如说学校不好意思不送个人情。她很想入大学，可是考不上。她并不希望上大学去用功，而是给自己预备个资格，好能嫁个留学生之类的男人。钱，她家里有；富商们，她已看腻了；所以愿意要个留学生，或是有名的文艺家什么的。她的那点教育仅仅供给了她这么一点虚荣心。

除了这点教育，她的招数与知识十之八九得自电影与伤感的小说。她认为端着肩膀向男人们企扈最合规矩，一见面就互道爱慕最摩登；她的生活是一种游戏，而要从游戏中找到最动心的最高尚的快乐与荣誉；所作的都顶容易，低级；所要获得的都顶高尚，光荣。像夏天的一朵草花，她只有颜色而无香味。

这些，已足使她作个摩登的林黛玉，穿着高跟鞋一天到晚琢磨着恋爱的好梦。在高小的时候，她已经有许多同性的爱人，彼此搂抱着吃口香糖。到了中学，她已会暗地里写情书，信写得很坏，可是信纸顶讲究。富家出情种，这并不能完全怪她。可是，她并不像林黛玉那样讲情，她所想到的便要实地的尝试，把梦想的都要用手指去摸到。杨老太太时常叫来妓女给捶腰，丽琳有机会去打听些个实际的问题。所以，她的梦不完全是玫瑰色的幻想，而是一种压迫，因压迫而想去冒险。她不是浪漫诗人心中的白衣少女，她要一些真切的快乐。闻着自己身上的巴黎香水与香粉味儿，她静静的，又急躁的，期待着一些什么粗暴的袭击，像旱天的草花等着暴雨。

杨家不断的有留学生来，可是轮不到丽琳，她是“六”姑娘。从虚荣心上说，她只好忍耐的等着，她必须要个有外国大学学位的青年。可是，她一天到晚无事可作，闲得起急，急躁使她甚至要把理想抛开，而先去解决那点比较低卑的要求与欲望，她请求杨老太太给她聘一位教师，补习功课，好准备考大学。来了位大学还没毕业的姓朱的，给她补习英文算学。这位朱先生长得很平常，年岁可是不大。几乎是他刚一进门，丽琳就捉住了他。不久，她便有了身孕。

身孕设法除掉了。她自己并不喜爱朱先生。她既没意思跟他，杨家的人也就马马虎虎把他辞掉，他们知道自家的姑娘不是为个大学学生预备的。

文博士来得很是时候。在丽琳的眼中，男子都相差不很多，只须有个学位便能使她自己与杨家的全家点头。况且，文博士虽然不十分漂亮，可是并不出奇的难看呢。不，他不但是不难看，在她眼中他还有点特别可爱的地方。这并不是她爱与不爱，而是她由电影中看出来的。电影片中那些老实的规矩的丈夫，正像他，全是方方正正的，见棱见角的，中等的身材，衣裳挺素净，说话行事都特意的讨人喜欢……文博士有这项资格，那么电影上既都是这样，丽琳便想不出怎能不喜欢他的道理来。再一说呢，即使这个标准不完全可靠，他也不见得比以前来过的那些留学生难看，丽琳准知道她的二姐丈——留法的生物学家——长得就像驴似的，不过还没有驴那么体面。博士硕士并不永远和风流英俊并立，她早看清楚了。她不能放手文博士，即使他再难看一点也得将就着，她不能再等。况且，再等也未必不就等来个驴或猴子。就是他吧。她的理想，虚荣，急躁，标准，贞纯，污浊，天真，老辣，青春，欲望，娇贵，轻狂，凝在一处，结成一个极细密的网，文博士一露面就落在网中了。自然文博士以为这是步好运。

十　五

唐先生几乎把吃奶的力量都使出来了。自中秋后，到重阳，到立冬。他一天也没闲着。他的耳朵就像电话局，听着各处的响动；听到一点消息，他马上就去奔走。过日子仔细，他不肯多坐车，有时候累得两腿都懒的上床。不错，他在表面上是为文博士运动差事，可是他心中老想着建华。他是为儿子，所以才卖这么大的力气；虽然事情成了以后，文博士伸手现成的拿头一份儿，可是他承认了这是无可如何的事，用不着发什么没用的牢骚。他知道大学毕业生找事的困难，而且知道许多大学毕业生一闲便是几年，越闲越没机会，因为在家里蹲久了，自己既打不起精神，别人——连同班毕业的学友——也就慢慢的把他忘掉，像个过了三十五岁的姑娘似的。唐先生真怕建华变成这样的剩货。哪怕建华只能每月拿五六十块钱呢，大小总是个事儿；有事才有朋友，有事才能创练，登高自卑，这是个起点。唐先生为儿子找这个起点，是决不惜力的，这是作父亲应尽的责任。给建华找上事，再赶紧说一房媳妇，家里就只剩下振华与树华还需要他操心了，可也就好办多了。对杨家的六姑娘，唐先生已死了心；建华的婚事应当另想办法。这个决定，使他心中反觉出点痛快来。假若他早下手，六姑娘未必不能变成他的儿媳妇。虽然杨家的希望很高，可是唐家在济南也有个名姓；虽然建华没留过洋，到底也是大学毕业。唐先生设若肯进行，这件事大概总有八九成的希望。即使建华的资格差一点儿，可是唐先生的名誉与能力是杨家所深知的，冲着唐先生，婚事也不至不成功。可是，他没下手，而现在已被文博士拿了去。去她的吧，她的娇贵与那点历史，唐先生都知道，好吧，教文博士去尝尝吧！想象着文博士将来的累赘，唐先生倒反宽了心；不但宽心，而且有点高兴，觉得他是对得起儿子。把这件事这么轻轻的，超然的，放下，他一心一意的去进行那个差事。这个，只许成功，不许失败。成功以后，那就凭个人的本事了。文博士能跳腾起去呢，好；掉下去呢，也好。唐先生不能再管。建华呢，有唐先生给作指导，必会一帆风顺的作下去，由小而大，由卑而高，建华的前途是不成问题的。这么想好，他几乎预料到文博士必定会失败，虽然不是幸灾乐祸，可是觉得只有看到文博士的失败才公道，才足以解气。好了，为眼前这个事，他得拼命帮文博士的忙，因为帮助文博士，也就是帮助建华。事情成了以后，那就各走各的了，唐先生反正对得起人，而不能永远给文博士作保镖的。

那个将要成立的什么委员会有点像蜗牛，犄角出来得快，而腿走得很慢。委员既都是兼职，自然大家谁也不十分热心去办事，而且每个委员都把会里的专员拿到自己手中，因为办事的责任都在专员身上，多少是个势力；即使不为势力，到底能使自己的人得个地位也是好的。大家彼此都知道手里有人，所以谁也不便开口，于是事情就停顿下去。争权与客气两相平衡，暂且不提是最好的办法。

唐先生晓得这个情形，所以他的计划是大包围：直接的向每个委员都用一般大的力量推荐文博士。然后间接的，还是同样的力量，去找委员们的好朋友，替文博士吹嘘；然后，再用同等的力量，慢慢的在委员们的耳旁造成一种空气，空气里播散着文博士的资格，学问，与适宜作这个事。一层包着一层，唐先生造了一座博士阵。这个阵法很厉害：用一般大的力量向各委员推进，他们自然全不会挑眼。他们自己手里的人既不易由袖中掏出来，而心目中又都有个非自己的私人的第三者，自然一经提出来，便很容易通过。他们还是非提出来个人不可，事情不能老这么停顿着，况且四外有种空气，像阵小风似的催着他们顺风而下。在这阵小风里刮来一位人，比他们所要荐举的私人都高着许多，他们的私人都没有博士学位；为落个提拔人才的美名，博士当然很有些分量。

这个大包围已渐次布置完密；用不着说，唐先生是费了五牛二虎的力量。难处不在四面八方去托人，而是在托得恰好合适，不至于使任何一角落缺着点力量，或是劲头儿太多；力气一不平匀，准出毛病。所以，每去见一个人，他要先计算好这个人的分量原有多么大，在这件事情上所需要他的分量又是多么大。这样计算好，他更进一步的要想出好几个这样的人来，好分头去包围全体委员。好不容易！

不过，不管多么困难吧，阵式是已经摆好。现在他只缺少一声炮号。他需要个放炮的人，炮声一响，文博士与建华便可以撒马出阵了。他一想便想到焦委员。假若焦委员能在此时给委员会的人们每人一封信，或一个电报，都用同样的话语，同样的客气；阵式已经摆好，再这么从上面砸下件法宝来，事情便算是没法儿跑了。他想跑一趟，去见焦委员。

可是，他又舍不得走，假若自己离开济南，已摆好的阵式万一出点毛病呢！谨慎小心一向是他的座右铭。况且，即使事情不能成功，这个阵式也不白摆，单看着它玩也是好的，就如同自己作的诗，虽然得不到什么报酬，到底自己哼唧着也怪好玩。什么事情都有为艺术而艺术的那么一面儿，唐先生入了迷。打发建华去吧，又不放心；会办事的人没法儿歇一歇双肩，聪明有时候累赘住了人，唐先生便是这样。

既然不放心建华，他就更不放心文博士。文博士，在唐先生心中，只是个博士而已，讲办事还差得许多呢！振华是有主意的，可是唐先生不肯和她商议；近来他觉得女儿有点别扭。她老看不起他的主张与办法，他猜不透她是怎回子事。大概是闹婆婆家呢，他想。好吧，等把建华的事办完了，再赶紧给她想办法，嗐！作父亲的！他叹了口气。

恰巧，焦委员赴京，由济南路过。唐先生找了文博士去，商议商议怎样一同去见焦委员。火车只在济南停半点钟，焦委员——唐先生打听明白——又不预备下车，他们只能到车上见他一面，所以得商量一下；况且想见焦委员的人绝不止于他俩，他俩必须商议好，怎样用极简单而极有效的言语，把事情说明，而且得到他的帮助。要不然，唐先生实在不想拉上文博士一同去。

见了文博士，唐先生打不起精神报告过去的一切。为这件事的设计他自信是个得意之作，对个不相干的人他都想谈一谈；唯独见了振华与文博士，他的心与口不能一致，心里想说，而口懒得张开。他恨文博士这样吃现成饭，他越要述说自己的功绩，越觉得委屈。所以，他莫若把委屈圈在肚子里。

也幸而他没说，因为文博士根本不预备听这一套。文博士已和丽琳打得火热，几乎没心再管别的事了。在初到杨宅去的时候，他十分怕人家不接受他。及至见着丽琳，而且看出成功的可能，他又怀疑了她，几乎想往后退一退。赶到丽琳把他完全捉住，他死了心随着她享受，好像是要以真正的爱去补救与掩饰自己来杨宅求婚的那点动机。丽琳给了他一切，他没法再管束自己，一切都是白白拾来的，那么遇上什么就拾什么好了，他不能再去选择，甚至不再去思索，他迷迷糊糊的像作着个好梦。他已经非及早的与她定婚不可了，定婚就得结婚，因为他似乎已有点受不了这种快乐而又不十分妥当的生活，干脆结了婚，拿过钱来，好镇定一下，想想自己的将来的计划吧。他相信丽琳必有很多的钱，结婚后他必能利用她的钱去作些大的事业。这样，丽琳的诱惑与他的甘心追随，把他闹得胡胡涂涂的；那点将来用她的钱而作些事业的希望，又使他懒得马上去想什么。所以，他差不多把唐先生所进行的事给撂在了脖子后头，既没工夫去管，也不大看得起它；他现在是度着恋爱的生活，而将来又有很大的希望，谁还顾得办唐先生这点小事呢！

唐先生提到去见焦委员。嗽，焦委员，文博士倒还记得这位先生，而且觉得应当去见一见，纵然自己浑身都被爱情包起来，也得抽出点工夫去一趟。事情成不成的没多大关系，焦委员可是非见不可。焦委员是个人物，去见一见，专为他回来告诉丽琳一声也是好的。他很大气的，好像是为维持唐先生似的，答应了车站去一趟，至于见了焦委员，应当说什么话，那还不好办，随机应变，用不着多商议。他觉得唐先生太罗哩罗嗦，不像个成大事的人。

文博士的神气惹恼了唐先生。唐先生是不大爱生气的人，而且深知过河拆桥并不是奇怪的事，不过他没想到文博士会变得这么快，仿佛刚得了点杨家的便宜，就马上觉得已经是个阔人了似的。连唐先生也忍不住气了。唐先生给了他一句："婚事怎样？"

文博士笑了，笑得很天真，就像小孩子拾着个破玩具那样："丽琳对我可真不错！告诉你！唐先生，我们就要定婚，不久就结婚，真的！一结婚，告诉你，我就行了！我先前不是说过，留学生就是现代的状元，妻财禄位，没问题！定婚，结婚，还都得请你呢，你是介绍人呀；你等着看我们的小家庭吧！以我的知识，她的排场，我敢保说，我们的小家庭在济南得算第一，那没错！你等着吧，我还得求你帮忙呢。那什么，”他看了看表，“就那么办了，车站上见，我还得到杨家去，到时候了，丽琳等着我看电影去呢！去不去，唐先生？”

唐先生的鼻子几乎要被气歪了，可是不敢发作，他还假装的笑着，说：“请吧，我没那个工夫，也没那个造化！”

“外国电影，大概你也看不明白！连丽琳先前都有时候去看中国片，近来我算把她矫正过来了，而且真明白了怎样欣赏好莱坞的高尚的艺术。教育程度的问题！好，再会了，车站上见！”

唐先生气得不知道怎样的走到了家。他甚至于想到从此不再管这样的人与这样的事。振华确是说对了：何不休息休息呢，为这种穿着身洋皮儿的人去费心费力干吗呢?！可是，到底还是得去费心费力，不为别人，还不为自己的儿子么?有什么办法呢！

看完了电影，文博士为是没话找话说，把和唐先生会面的事告诉了丽琳。她晓得焦委员，并且为表示自己的聪明，她还出了个主意：“达灵，你去，要不然我去，找卢平福一趟，教他去见见焦委员；他去比你去还强，他顶会办事了。你看我的烟土什么都是由他给买，他什么也会。他结婚的时候还是焦委员给证的婚呢！达灵！咱们结婚请谁证婚呢?”

“至不济也得像焦委员，那没错！”文博士并不认识一位这样的人，可是话不能不这么说；为是免得她往下钉他，他改了话："你看，笛耳，这个事值得一作吗？"

"焦委员给运动的事就值得作，卢平福原先走他的门子，现在还走他的门子。咱们不为那个事，还不为多拉拢拉拢焦委员？是不是？达灵！"

文博士非常的佩服丽琳这几句话。并不是这几句话怎样出奇的高明，而是他觉得大家闺秀毕竟不凡：见过大的阵式，听过阔人们的言谈，久而久之，自然出口成章，就有好主意。这不是丽琳有多么高的聪明，而是她的来派大，眼睛宽。假若看电影他须领导着她，那么这种关系阔人们的事他还真需要她的帮助。这样，不论她有多少缺点，反正为他自己的前途设想，她的确是个好的帮手，不信就去问问振华看，她要有半点主意才怪！别的暂且全放在一边，就凭这一点，你就得去迷恋丽琳。这他才晓得了什么叫作出身，和它的价值。对的，大家子弟，到底是另一个味儿，这无可否认。状元可以起自白丁，可是作宰相的还得是世家出身。他自己这个状元，需要个公主给他助威。他不能不庆贺自己的成功。一迈步就居然走上了正路，得到丽琳。那么，也就没法子不更爱她了；他把"笛耳"改成了"笛耳累死驼！"

十　六

车站上许多人等着见焦委员。文博士与唐先生的名片递上去，还没等到传见，车已又开了。

唐先生脸上的笑纹改成了忧郁的折叠，目随着火车，心中茫然。火车出了站，他无可如何的叹了口气。他直觉的晓得自己苦心布置的阵式，大概是一点用也没有了。

文博士心中可是有了老底，他知道卢平福必能替他把话说到，他自己见不见焦委员并没多大的关系了。他急于回去找丽琳，去吻她，夸奖她。越感激她，他心中越佩服自己——假若自己没有眼光，怎能会找到她呢？找到她便是找到了出路，一种粉红色的道路，像是一条花径似的，两旁都是杜鹃与玫瑰。

卢平福见着了焦委员。会见的时候，恰巧有位那个什么委员会的筹备委员也在车上，卢平福也认识他。卢平福一开口推荐文博士，焦委员微微的向那位筹备委员一点头，筹备委员马上横打了鼻梁，表示出极愿负责。

卢平福下车，那位筹备委员也跟下来："卢会长！文博士的事交给我了！可是，有个小小的要求：族弟方国器——方国器，请记清楚了！——托我给找事不是一天了。文博士若是专员，他手下必须用个助手，方国器——方国器，请记清楚了！——就很合适。一言为定，我们彼此分心就是了！"

卢平福点了头。

找到文博士，卢平福把方国器交待过去。

文博士点了头。

不多的几天，文博士与方国器的事都发表了。

文博士的薪俸是每月一百八十元，另有四十块车马费。他不大满意。就凭一位博士，每月才值二百二十块钱，太少点！可是丽琳似乎很喜欢，他有点莫名其妙：以她的家当而把二百多块钱看在眼里？能吗？不，不能是为这点钱。她必是，他想，愿意他大小有个地位，既是博士，又是现任官，在结婚的时候才显着更体面，更容易和杨家要陪送。是的，她一定是为这个，这么一想，他快活了许多。先混着这个事吧，结婚以后再想别的主意。他想应当早结婚。明年元旦就很合适。结婚以后，有了钱，有了门路，也许一高兴还把这个专员让给唐建华呢。他不承认自己有意骗唐先生，因为事情虽然是由唐先生那里得到的消息，可是到底是由卢平福给运动成功的；那么，把建华一脚踢开，而换上方国器，正是当然的。唐先生自己应该明白这个，假若他是个明白人的话。不过呢，唐先生未必是个明白人，这倒教文博士心里稍微有点不大得劲儿。好吧，等着将来自己有了别的事，准把专员的地位让给建华就是了。

又到了杨家一趟，他开始觉出自己的身份来。每到杨家来，他总是先招呼杨老太太一声，而后到丽琳屋中去。遇到杨老太太正睡觉，或是不大喜欢见客，或是出了门，他便一直找丽琳去，在杨老太太面前，他可以见着杨家许多人，可是谁也不大搭理他，有的是不屑于招待他，有的是不敢向前巴结。在丽琳屋中呢，永远谁也不过来，丽琳的厉害使大家不敢过来讨厌。现在可不同了，大家好像都晓得作了官，男的开始跟他过话，女的也都对他拿出笑脸来，仆人们向他道喜讨赏，小孩们吵嚷着叫他请客。有个新来的女仆居然撅着屁股给他请了个安："六姑爷大喜！"招得大家全笑了，他自己不由的红了红脸，可是心中很痛快。

这他才真明白了丽琳，丽琳的欢喜是有道理的。她懂得博士的价值，也懂得大家怎么重视个官职，她既是鸡群之鹤，同时又很能明白大家的心理，天赋的聪明！可惜她没留过学，他想；可是假若她留过学，也许就落不到他手中了。凡事都有天定，而且定得并不离，以他配她，正好！他怎么想，怎么看，都觉得这件事来得很俏。

仆人们讨赏，他没法不往外掏。请客，也是该当的，可得稍微迟一迟。对这两样事，他无论怎样可以独自应付，也应当独自应付，好给丽琳作点脸。

不过，一动自己的钱，仿佛就应该想一想，是不是从此以后，丽琳就把一切花费都推到他身上呢？若这是真的，他的心里颤了一阵！大概不能，她哪能是那样的人呢？把这个先放下，目前应花钱的地方还有许多：杨家的孩子们满可以不去管，就是被他们吵嚷得无可如何，至多给他们买些玩艺与水果什么的也就过去了。杨家的大人们可不能这么容易敷衍，无论如何他得送杨老太太一些体面的东西，得请主要的男人们吃一回饭。这些钱是必须花的。送了礼，请了客，那么婚事自然可以在谈笑中解决了。紧跟着便是定婚，戒指总得买吧，而且不能买贱的；哼，钻石的，将就能看的，得过千！即使能舍个脸，跟丽琳合股办这个，自己也得拿五六百吧？哪儿找这些钱去呢？定婚以后，自然就得筹备结婚。办场喜事，起码还不得一千块钱？即使小家庭的布置统归丽琳担任，办事的钱大概不能不由他出吧？至少他得去弄一千五百元，才能办得下来这点事。杨家不会许他穷对付，他自己也不肯穷对付。可是一千五百块钱似乎不会由天上掉下来。他有点后悔了，根本不应当到杨家来找女人，杨家花得起，而自己陪着都费劲哪！哪能不陪着呢，自己既是有了官职，有了固定的薪俸，他几乎有点嫌恶这个差事了；这不是出路，而是逼着他往外拿钱！

退堂鼓是没法打了。他与丽琳的关系已经不是三言两语便可以各奔前程的。再说呢，事情都刚开了头，哪能就为这点困难而前功尽弃呢。反之，只要一过这个难关，他必能一帆风顺的阔起来，一定。看人家卢平福！卢平福若是借着杨家的势力而能跳腾起来，文博士——他叫着自己——怎见得就弱于老卢呢！是的，连老卢现在见了面，也不再提什么制造玩具，请他作个计划了，可见博士的身份已经被大家认清了许多。那么，让他们等着看吧，文博士还有更好的玩艺呢，慢慢的一件件的掏给他们大家，教他们见识见识！

后悔是没用的，也显着太没有勇气。他开始想有效的实际的办法。对于定婚，他可以预支三个月的薪水。六百多块钱总可以支转住场面了。对于结婚，即使能作到与杨家合办，大概也得预备个整数；借债似乎是必不能免的。先借了债，等结婚后再拿丽琳的钱去还上，自己既不吃亏，而又露了脸，这是“思想”，一点也不冒险。就这么办了；不必再思虑，这个办法没什么不妥当的地方。浪漫，排场，实利，都一网打尽！没想到自己会这么聪明！一向就没怀疑过自己的本事，现在可才真明白了自己是绝顶聪明！

把这些决定了，他高高兴兴的去办公。心中藏着一团爱火，与无限的希望，而身体又为国家社会操劳服务，他无时无处不觉出点飘飘然要飞起来的意思；脸上的神气很严重，可是心里老想发笑，自己的庄严似乎已包不住心里那点浮浅的喜气。

委员会已过了唐先生所谓的“听说”的时期，而开始正式的办公，因为已有了负责办事的委员。委员会的名称是

“明导会”。文博士是明导专员。委员们没有到会办事的必要，所以会所只暂时将就着借用齐鲁文化学会的地方。文博士恨这个地方，一到这儿来他就想起初到济南来的狼狈情形。为解点气，他一进门就把老楚开除了。老楚几乎要给文老爷跪下，求文老爷可怜可怜；他连回家的路费都筹不出来，而且回到家中就得一家大小张着嘴挨饿；文老爷不可怜老楚，还不可怜可怜小鱼子和小鱼子的妈吗？文博士横了心，为求办事的便利与效率，他没法可怜老楚，老楚越央告，他的心越硬；心越硬，越显出自己的权威。文博士现在是专员了。老楚含着泪把铺盖扛了走。

把老楚赶走，文博士想把文化学会的经费都拿过来，不必再由唐先生管理。可是心中微微觉得不大好意思，既没把建华拉到会中来，又马上把唐先生这点剩头给断绝了，似乎太不大方。暂且搁一两个月再说吧，反正这点事早晚逃不出自己的手心去。好吧，就算再等两个月吧。唐先生应当明白，他想，他是怎样的需要多进一点钱。这不是他厉害，而是被需要所迫。

老楚走了，去了文博士一块心病；不久就可以把文化学会的经费拿过来，手中又多少方便一些。他不再小看这个专员的地位了，同时也更想往上钻营；专员便有这么多好处，何况比专员更大的官职呢？是的，他得往上去巴结，拿专员的资格往上巴结，不久他——凭着自己的学位，眼光，与交际的手腕——就会层楼更上，发展，发展，一直发展到焦委员那样！

他开始去拜见会中那些委员。他的神气表示出来，你们虽是委员，我可是博士，论学问，论见识，你们差得多了！

虽然他是想去巴结他们，可是他无心中的露出这个神气来。他自己并不晓得，可是他们看得清清楚楚。文博士吃亏在留过学，留学的资格横在他心里，不知不觉的就发出博士的洋酸味儿来。见了委员们，他不听着他们讲话，而尽量的想发表卖弄自己的意见与知识。可是他的意见都不高明。头一件他愿意和他们讨论的事是明导会的会所问题，他主张把那些零七八碎的团体全都逐开，就留下文化学会。然后里里外外都油饰粉刷一遍，虽然一时不能大加拆改，至少也得换上地板，安上抽水马桶，定打几张写字台与卡片橱等了。这些都是必要的改革与添置，都有美国的办法与排场为证，再其次，就是仆人的制服与训练问题。在美国，连旅馆的“不爱”都穿着顶讲究的礼服或制服，有的还胸前挂着徽章；作事说话，一切都有规矩；美国是民主国，但是规矩必须讲的。规矩与排场的总合便是文化。

委员们都见到了，他这片话越说越熟，连手式与面部的表情都有了一定的时间与尺寸。他自己觉得内容既丰富，说法又动人，既能使他们佩服他的识见，又能看明他的交际的才能，他非常的高兴。委员们心不在焉的听着，有的笑一笑没加可否，有的微微摇一摇头，提出点反对的意见：比如说，那个知音国剧社就没法儿办，因为在会的人都是有钱有势力人家的子弟，便为文博士愿意找钉子碰的话，就去办办试一试。

文博士以为事都好办，只是委员们缺少办事的能力，与不懂得美国的方法，所以把他的话作为耳旁风。他和丽琳说，和方国器说，她与他都觉得博士的主张很对。“你看，是不是？他们没到过外国，”博士热烈的向丽琳与方国器诉说，“根本没有办法，所以我有了办法也没用！我不灰心，我的方法还多着呢，慢慢的他们总有明白过来的那一天，哼！把委员们都送到美国去逛，先不谈留学，只逛上一年半载的，见识见识，倒还真是个办法呢！那个会所，那个会所！好，什么也不用说了，教育的问题！”文博士点着头，赞叹着，心里想好，而没往外说：幸而他们找到我这么个博士，不然的话。……

阳　光

一

想起幼年来，我便想到一株细条而开着朵大花的牡丹，在春晴的阳光下，放着明艳的红瓣儿与金黄的蕊。我便是那朵牡丹。偶尔有一点愁恼，不过像一片早霞，虽然没有阳光那样鲜亮，到底还是红的。我不大记得幼时有过阴天；不错，有的时候确是落了雨，可是我对于雨的印象是那美的虹，积水上飞来飞去的蜻蜓，与带着水珠的花。自幼我就晓得我的娇贵与美丽。自幼我便比别的小孩精明，因为我有机会学事儿。要说我比别人多会着什么，倒未必；我并不须学习什么。可是我精明，这大概是因为有许多人替我作事；我一张嘴，事情便作成了。这样，我的聪明是在怎样支使人，和判断别人作的怎样：好，还是不好。所以我精明。别人比我低，所以才受我的支使；别人比我笨，所以才不能老满足我的心意。地位的优越使我精明。可是我不愿承认地位的优越，而永远自信我很精明。因此，不但我是在阳光中，而且我自居是个明艳光暖的小太阳；我自己发着光。

二

我的父母兄弟，要是比起别人的，都很精明体面。可是跟我一比，他们还不算顶精明，顶体面。父母只有我这么一个女儿，兄弟只有我这么一个姊妹，我天生来的可贵。连父母都得听我的话。我永远是对的。我要在平地上跌倒，他们便争着去责打那块地；我要是说苹果咬了我的唇，他们便齐声的骂苹果。我并不感谢他们，他们应当服从我。世上的一切都应当服从我。

三

记忆中的幼年是一片阳光，照着没有经过排列的颜色，像风中的一片各色的花，摇动复杂而浓艳。我也记得我曾害过小小的病，但是病更使我娇贵，添上许多甜美的细小的悲哀，与意外的被人怜爱。我现在还记得那透明的冰糖块儿，把药汁的苦味减到几乎是可爱的。在病中我是温室里的早花，虽然稍微细弱一些，可是更秀丽可喜。

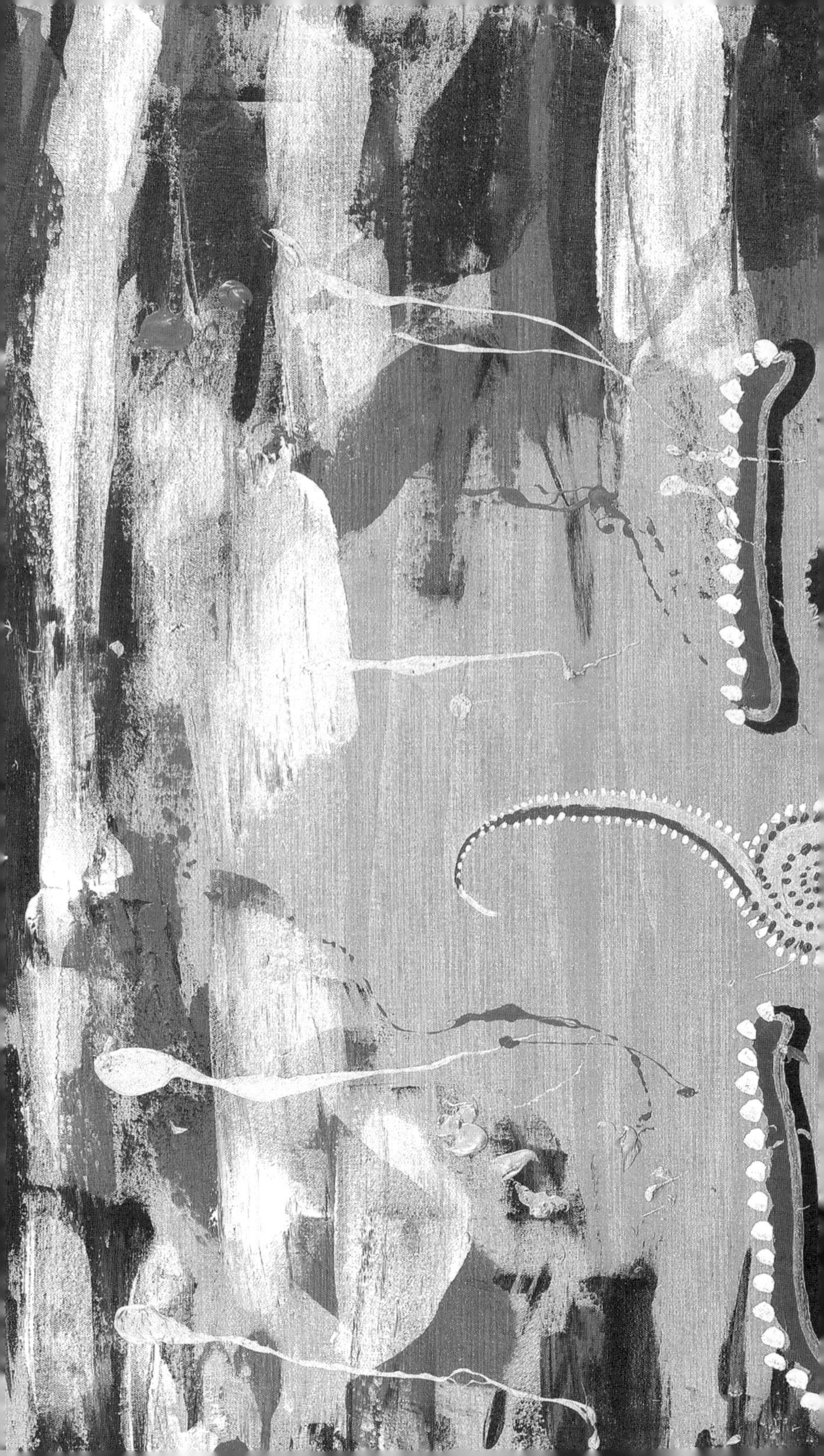

四

到学校去读书是较大的变动，可是父母的疼爱与教师的保护使我只记得我的胜利，而忘了那一点点痛苦。在低级里，我已经觉出我自己的优越。我不怕生人，对着生人我敢唱歌，跳舞。我的装束永远是最漂亮的。我的成绩也是最好的；假若我有作不上来的，回到家中自有人替我作成，而最高的分数是我的。因为这些学校中的训练，我也在亲友中得到美誉与光荣，我常去给新娘子拉纱，或提着花篮，我会眼看着我的脚尖慢慢的走，觉出我的腮上必是红得像两瓣儿海棠花。我的玩具，我的学校用品，都证明我的阔绰。我很骄傲，可也有时候很大方，我爱谁就给谁一件东西。在我生气的时候，我随便撕碎摔坏我的东西，使大家知道我的脾气。

五

入了高小，我开始觉出我的价值。我厉害，我美丽，我会说话，我背地里听见有人讲究我，说我聪明外露，说我的鼻孔有点向上翻着。我对着镜子细看，是的，他们说对了。但是那并不减少我的美丽。至于聪明外露，我喜欢这样。我的鼻孔向上撑着点，不但是件事实而且我自傲有这件事实。我觉出我的鼻孔可爱，它向上翻着点，好像是藐视一切，和一切挑战；我心中的最厉害的话先由鼻孔透出一点来；当我说过了那样的话，我的嘴唇向下撇一些，把鼻尖坠下来，像花朵在晚间自己并上那样甜美的自爱。对于功课，我不大注意；我的学校里本来不大注意功课。况且功课与我没多大关系，我和我的同学们都是阔家的女儿，我们顾衣裳与打扮还顾不来，哪有工夫去管功课呢。学校里的穷人与先生与工友们！我们不能听工友的管辖，正像不能受先生们的指挥。先生们也知道她们不应当管学生。况且我们的名誉并不因此而受损失；讲跳舞，讲唱歌，讲演剧，都是我们的最好，每次赛会都是我们第一。就是手工图画也是我们的最好，我们买得起的材料，别的学校的学生买不起。我们说不上爱学校与先生们来，可也不恨它与她们，我们的光荣常常与学校分不开。

六

在高小里，我的生活不尽是阳光了。有时候我与同学们争吵得很厉害。虽然胜利多半是我的，可是在战斗的期间到底是费心劳神的。我们常因服装与头发的式样，或别种小的事，发生意见，分成多少党。我总是作首领的。我得细心的计划，因为我是首领。我天生来是该作首领的，多数的同学好像是木头作的，只能服从，没有一点主意；我是她们的脑子。

七

在毕业的那一年，我与班友们都自居为大姑娘了。我们非常的爱上学。不是对功课有兴趣，而是我们爱学校中的自由。我们三个一群，两个一伙，挤着搂着，充分自由的讲究那些我们并不十分明白而愿意明白的事。我们不能在另一个地方找到这种谈话与欢喜，我们不再和小学生们来往，我们所知道的和我们以为已经知道的那些事使我们觉得像小说中的女子。我们什么也不知道，也不愿意知道什么；我们只喜爱小说中的人与事。我们交换着知识使大家都走入一种梦幻境界。我们知道许多女侠，许多烈女，许多不守规矩的女郎。可是我们所最喜欢的是那种多心眼的，痴情的女子，像林黛玉那样的。我们都愿意聪明，能说出些尖酸而伤感的话。我们管我们的课室叫“大观园”。是的，我们也看电影，但是电影中的动作太粗野，不像我们理想中的那么缠绵。我们既都是阔家的女儿，在谈话中也低声报告着在家中各人所看到的事，关于男女的事。这些事正如电影中的，能满足我们一时的好奇心，而没有多少味道。我们不希望干那些姨太太们所干的事，我们都自居为真正的爱人，有理想，有痴情；虽然我们并不懂得什么。无论怎说吧，我们的一半纯洁一半污浊的心使我们愿意听那些坏事，而希望自己保持住娇贵与聪明。我们是一群十四五岁的鲜花。

八

在初入中学的时候，我与班友们由大姑娘又变成了小姑娘；高年级的同学看不起我们。她们不但看不起我们，也故意的戏弄我们。她们常把我们捉了去，作她们的 dear，大学生自居为男子。这个，使我们害羞，可是并非没有趣味。这使我觉到一些假装的，同时又有点味道的，爱恋情味。我们仿佛是由盆中移到地上的花，虽然环境的改变使我们感觉不安，可是我们也正在吸收新的更有力的滋养；我们觉出我们是女子，觉出女子的滋味，而自惜自怜。在这个期间，我们对于电影开始吃进点味儿；看到男女的长吻，我们似乎明白了些意思。

九

到了二三年级，我们不这么老实了。我简直可以这么说，这二年是我的黄金时代。高年级的学生没有我们的胆量大，低年级的有我们在前面挡着也闹不起来；只有我们，既然和高年级的同学学到了许多坏招数，又不像新学生那样怕先生。我们要干什么便干什么。高年级的学生会思索，我们不必思索；我们的脸一红，动作就跟着来了，像一口血似的啐出来。我们粗暴，小气，使人难堪，一天到晚唧唧咕咕，笑不正经笑，哭也不好生哭。我非常好动怒，看谁也不顺眼。我爱作的不就去好好作，我不爱作的就干脆不去作，没有理由，更不屑于解释。这样，我的脾气越大，胆子也越大。我不怕男学生追我了。我与班友们都有了追逐的男学生。而且以此为荣。可是男学生并追不上我们，他们只使我们心跳，使我们彼此有的谈论，使我们成了电影狂。及至有机会真和男人——亲戚或家中的朋友——见面，我反倒吐吐舌头或端端肩膀，说不出什么。更谈不到交际。在事后，我觉得泄气，不成体统，可是没有办法。人是要慢慢长起来的，我现在明白了。但是，无论怎说吧，这是个黄金时代；一天一天胡胡涂涂的过去，完全没有忧虑，像棵傻大的热带的树，常开着花，一年四季是春天。

十

提到我的聪明，哼，我的鼻尖还是向上翻着点；功课呢，虽然不能算是最坏的，可至好也不过将就得个丙等。作小孩的时候，我愿意人家说我聪明；入了中学，特别是在二三年级的时候，我讨厌人家夸奖我。自然我还没完全丢掉争强好胜的心，可是不在功课上；因此，对于先生的夸奖我觉得讨厌；有的同学在功课上处处求好，得到荣誉，我恨这样的人。在我的心里，我还觉得我聪明；我以为我是不屑于表现我的聪明，所以得的分数不高；那能在功课上表现出才力来的不过是多用着点工夫而已，算不了什么。我才不那么傻用工夫，多演几道题，多作一些文章，干什么用呢？我的父母并没仗着我的学问才有饭吃。况且我的美已经是出名的，报纸上常有我的像片，称我为高材生，大家闺秀。用功与否有什么关系呢？我是个风筝，高高的在春云里，大家都仰着头看我，我只须晃动着，在春风里游戏便够了。我的上下左右都是阳光。

十一

可是到了高年级，我不这么野调无腔的了。我好像开始觉到我有了个固定的人格，虽然不似我想象的那么固定，可是我觉得自己稳重了一些，身中仿佛有点沉重的气儿。我想，这一方面是由于我的家庭，一方面是由于我自己的发育，而成的。我的家庭是个有钱而自傲的，不允许我老淘气精似的；我自己呢，从身体上与心灵上都发展着一些精微的，使我自怜的什么东西。我自然的应当自重。因为自重，我甚至于有时候循着身体或精神上的小小病痛，而显出点可怜的病态与娇羞。我好像正在培养着一种美，叫别人可怜我而又得尊敬我的美。我觉出我的尊严，而愿显露出自己的娇弱。其实我的身体很好。因为身体好，所以才想象到那些我所没有的姿态与秀弱。我仿佛要把女性所有的一切动人的情态全吸收到身上来。女子对于美的要求，至少是我这么想，是得到一切，要不然便什么也没有也好。因为这个绝对的要求，我们能把自己的一点美好扩展得像一个美的世界。我们醉心的搜求发现这一点点美所包含的力量与可爱。不用说，这样发现自己，欣赏自己，不知不觉的有个目的，为别人看。在这个时节我对于男人是老设法躲避的。我知道自己的

美，而不能轻易给谁，我是有价值的。我非常的自傲，理想很高。影影抄抄的我想到假如我要属于哪个男人，他必是世间罕有的美男子，把我带到天上去。

十　二

因为家里有钱，所以我得加倍的自尊自傲。有钱，自然得骄傲；因为钱多而发生的不体面的事，使我得加倍骄傲。我这时候有许多看不上眼的事都发生在家里，我得装出我们是清白的；钱买不来道德，我得装成好人。我家里的人用钱把别人家的女子买来，而希望我给他们转过脸来。别人家的女儿可以糟蹋在他们的手里，他们的女子——我——可得纯洁，给他们争脸面。我父亲，哥哥，都弄来女人，他们的乱七八糟都在我眼里。这个使我轻看他们，也使他们更重看我，他们可以胡闹，我必须贞洁。我是他们的希望。这个，使我清醒了一些，不能像先前那么欢蹦乱跳的了。

十　三

可是在清醒之中，我也有时候因身体上的刺激，与心里对父兄的反感，使我想到去浪漫。我凭什么为他们而守身如玉呢？我的脸好看，我的身体美好，我有青春，我应当在个爱人的怀里。我还没想到结婚与别的大问题，我只想把青春放出一点去，像花不自己老包着香味，而是随着风传到远处去。在这么想的时节，我心中的天是蓝得近乎翠绿，我是这蓝绿空中的一片桃红的霞。可是一回到家中，我看到的是黑暗。我不能不承认我是比他们优越，于是我也就更难处置自己。即使我要肉体上的快乐，我也比他们更理想一些。因此，我既不能完全与他们一致，又恨我不能实际的得到什么。我好像是在黄昏中，不像白天也不像黑夜。我失了我自幼所有的阳光。

十　四

我很想用功，可是安不下心去。偶尔想到将来，我有点害怕：我会什么呢？假若我有朝一日和家庭闹翻了，我仗着什么活着呢？把自己细细的分析一下，除了美丽，我什么也没有。可是再一想呢，我不会和家中决裂；即使是不可免的，现在也无须那样想。现在呢，我是富家的女儿；将来我总不至于陷在穷苦中吧。我庆幸我的命运，以过去的幸福预测将来的一帆风顺。在我的手里，不会有恶劣的将来，因为目前我有一切的幸福。何必多虑呢，忧虑是软弱的表示。我的前途是征服，正像我自幼便立在阳光里，我的美永远能把阳光吸了来。在这个时候，我听见一点使我不安的消息：家中已给我议婚了。

十　五

我才十九岁！结婚，这并没吓住我；因为我老以为我是个足以保护自己的大姑娘。可是及至这好像真事似的要来到头上，我想起我的岁数来，我有点怕了。我不应这么早结婚。即使非结婚不可，也得容我自己去找到理想的英雄；我的同学们哪个不是抱着这样的主张，况且我是她们中最聪明的呢。可是，我也偷偷听到，家中所给提的人家，是很体面的，很有钱，有势力；我又痛快了点。并不是我想随便的被家里把我聘出去，我是觉出我的价值——不论怎说，我要是出嫁，必嫁个阔公子，跟我的兄弟一样。我过惯了舒服的日子，不能嫁个穷汉。我必须继续着在阳光里。这么一想，我想象着我已成了个少奶奶，什么都有，金钱，地位，服饰，仆人，这也许是有趣的。这使我有点害羞，可也另有点味道，一种渺茫而并非不甜美的味道。

十　六

这可只是一时的想象。及至我细一想，我决定我不能这么断送了自己；我必须先尝着一点爱的味道。我是个小姐，但是在爱的里面我满可以把“小姐”放在一边。我忽然想自由，而自由必先平等。假如我爱谁，即使他是个叫花子也好。这是个理想；非常的高尚，我觉得。可是，我能不能爱个叫花子呢？不能！先不用提乞丐，就是拿个平常人说吧，一个小官，或一个当教员的，他能养得起我吗？别的我不知道，我知道我不会受苦。我生来是朵花，花不会工作，也不应当工作。花只嫁给富丽的春天。我是朵花，就得有花的香美，我必须穿的华丽，打扮得动人，有随便花用的钱，还有爱。这不是野心，我天生的是这样的人，应当享受。假若有爱而没有别的，我没法想到爱有什么好处。我自幼便精明，这时候更需要精明的思索一番了。我真用心思索了，思索的甚至于有点头疼。

十　七

我的不安使我想到动作。我不能像乡下姑娘那样安安顿顿的被人家娶了走。我不能。可是从另一方面想，我似乎应当安顿着。父母这么早给我提婚，大概就是怕我不老实而丢了他们的脸。他们想乘我还全须全尾的送了出去，成全了他们的体面，免去了累赘。为作父母的想，这或者是很不错的办法，但是我不能忍受这个；我自己是个人，自幼儿娇贵；我还是得作点什么，作点惊人的，浪漫的，而又不吃亏的事。说到归齐[1]，我是个“新”女子呀，我有我的价值呀！

---

① 说到归齐，总而言之。

十　八

机会来了！我去给个同学作伴娘，同时觉得那个伴郎似乎可爱。即使他不可爱，在这么个场面下，也当可爱。看着别人结婚是最受刺激的事：新夫妇，伴郎伴娘，都在一团喜气里，都拿出生命中最像玫瑰的颜色，都在花的香味里。爱，在这种时候，像风似的刮出去刮回来，大家都荡漾着。我觉得我应当落在爱恋里，假如这个场面是在爱的风里。我，说真的，比全场的女子都美丽。设若在这里发生了爱的遇合，而没有我的事，那是个羞辱。全场中的男子就是那个伴郎长的漂亮，我要征服，就得是他。这自然只是环境使我这么想，我还不肯有什么举动；一位小姐到底是小姐。虽然我应当要什么便过去拿来，可是爱情这种事顶好得维持住点小姐的身份。及至他看我了，我可是没了主意。也就不必再想主意，他先看我的，我总算没丢了身份。况且我早就想他应当看我呢。他或者是早就明白了我的心意，而不能不照办；他既是照我的意思办，那就不必再否认自己了。

十　九

事过之后，我走路都特别的爽利。我的胸脯向来没这样挺出来过，我不晓得为什么我老要笑；身上轻得像根羽毛似的。在我要笑的时节，我渺茫的看到一片绿海，被春风吹起些小小的浪。我是这绿波上的一只小船，挂着雪白的帆，在阳光下缓缓的飘浮，一直飘到那满是桃花的岛上。我想不到什么更具体的境界与事实，只感到我是在春海上游戏。我倒不十分的想他，他不过是个灵感。我还不会想到他有什么好处，我只觉得我的初次的胜利，我开始能把我的香味送出去，我开始看见一个新的境界，认识了个更大的宇宙，山水花木都由我得到鲜艳的颜色与会笑的小风。我有了力量，四肢有了弹力，我忘了我的聪明与厉害，我温柔得像一团柳絮。我设若不能再见到他，我想我不会惦记着他，可是我将永久忘不下这点快乐，好像头一次春雨那样不易被忘掉。有了这次春雨，一切便有了主张，我会去创造一个顶完美的春天。我的心展开了一条花径，桃花开后还有紫荆呢。

二　十

可是，他找我来了。这个破坏了我的梦境，我落在尘土上，像只伤了翅的蝴蝶。我不能不拿出我在地上的手段来了。我不搭理他，我有我的身份。我毫不迟疑的拒绝了他。等他羞惭的还勉强笑着走去之后，我低着头慢慢的走，我的心中看清楚我全身的美，甚至我的后影。我是这样的美，我觉得我是立在高处的一个女神刻像，只准人崇拜，不许动手来摸。我有女神的美，也有女神的智慧与尊严。

二十一

过了一会儿，我又盼他再回来了：不是我盼望他，惦记他；他应当回来，好表示出他的虔诚，女神有时候也可以接收凡人的爱，只要他虔诚。果然在不久之后，他又来了。这使我心里软了点。可是我还不能就这么轻易给他什么，我自幼便精明，不能随便任着冲动行事。我必须把他揉搓得像块皮糖；能绕在我的小手指上，我才能给他所要求的百分之一二。爱是一种游戏，可由得我出主意。我真有点爱他了，因为他供给了我作游戏的材料。我总让他闻见我的香味，而这个香味像一层厚雾隔开他与我，我像雾后的一个小太阳，微微的发着光，能把四围射成一圈红晕，但是他觉不到我的热力，也看不清楚我。我非常的高兴，我觉出我青春的老练，像座小春山似的，享受着春的雨露，而稳固不能移动。我自信对男人已有了经验，似乎把我放在什么地方，我也可以有办法。我没有可怕的了，我不再想林黛玉，黛玉那种女子已经死绝了。

二十二

因此我越来越胆大了。我的理想是变成电影中那个红发女郎，多情而厉害，可以叫人握着手，及至他要吻的时候，就抡手给他个嘴巴。我不稀罕他请我看电影，请我吃饭，或送给我点礼物。我自己有钱。我要的是香火，我是女神。自然我有时候也希望一个吻，可是我的爱应当是另一种，一种没有吻的爱，我不是普通的女子。他给我开了爱的端，我只感激他这点；我的脚底下应有一群像他的青年男子；我的脚是多么好看呢！

二十三

家中还进行着我的婚事。我暗中笑他们，一声儿不出。我等着。等到有了定局再说，我会给他们一手儿看看。是的，我得多预备人，万一到和家中闹翻的时候，好挑选一个捉住不放。我在同学中成了顶可羡慕的人，因为我敢和许多男子交际。那些只有一个爱人的同学，时常的哭，把眼哭得桃儿似的。她们只有一个爱人，而且任着他的性儿欺侮，怎能不哭呢。我不哭，因为我有准备。我看不起她们，她们把小姐的身份作丢了。她们管哭哭啼啼叫作爱的甘蔗，我才不吃这样的甘蔗，我和她们说不到一块。她们没有脑子。她们常受男人的骗。回到宿舍哭一整天，她们引不起我的同情，她们该受骗！我在爱的海边游泳，她们闭着眼往里跳。这群可怜的东西。

二十四

中学毕了业，我要求家中允许我入大学。我没心程读书，

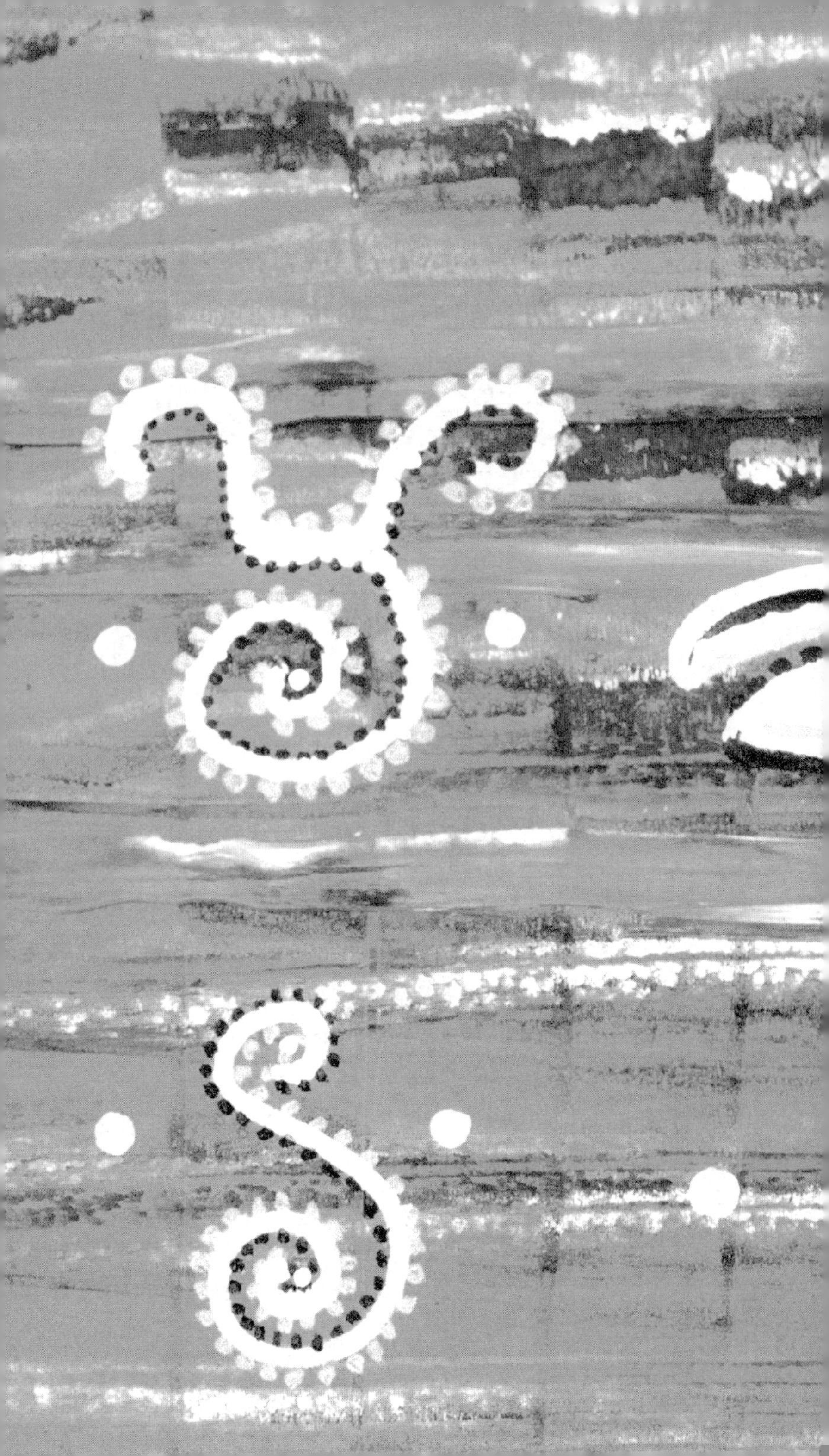

只为多在外面玩玩，本来吗，洗衣有老妈，作衣裳有裁缝，作饭有厨子，教书有先生，出门有汽车，我学本事干什么呢？我得入学，因为别的女子有入大学的，我不能落后；我还想出洋呢。学校并不给我什么印象，我只记得我的高跟鞋在洋灰路上或地板上的响声，咯噔咯噔的，怪好听。我的宿室顶阔气，床下堆着十来双鞋，我永远不去整理它们，就那么堆着。屋中越乱越显出阔气。我打扮好了出来，像个青蛙从水中跳出，谁也想不到水底下有泥。我的眉须画半点多钟，哪有工夫去收拾屋子呢？赶到下雨的天，鞋上沾了点泥，我才去访那好清洁的同学，把泥留在她的屋里。她们都不敢惹我。入学不久我便被举为学校的皇后。与我长的同样美的都失败了，她们没有脑子，没有手段；我有。在中学交的男朋友全断绝了关系，连那个伴郎。我的身份更高了，我的阅历更多了，我既是皇后，至少得有个皇帝作我的爱人。被我拒绝了的那些男子还有时候给我来信，都说他们常常因想我而落泪；落吧，我有什么法子呢？他们说我狠心，我何尝狠心呢？我有我的身份，理想，与美丽。爱和生命一样，经验越多便越高明，聪明的爱是理智的，多咱爱把心迷住——我由别人的遭遇看出来——便是悲剧。我不能这么办。作了皇后以后，我的新朋友很多很多了。我戏耍他们，嘲弄他们，他们都羊似的驯顺老实。这几乎使我绝望了，我找不到可征服的，他们永远投降，没有一点战斗的心思与力量。谁说男子强硬呢？我还没看见一个。

二十五

我的办法使我自傲，但是和别人的一比较，我又有点嫉妒：我觉得空虚。别的女同学们每每因为恋爱的波折而极伤心的哭泣，或因恋爱的成功而得意，她们有哭有笑，我没有。在一方面呢，我自信比她们高明，在另一方面呢，我又希望我也应表示出点真的感情。可是我表示不出，我只会装假，我的一切举动都被那个“小姐”管束着，我没了自己。说话，我团着舌头；行路，我扭着身儿；笑，只有声音。我作小姐作惯了，凡事都有一定的程式，我找不到自己在哪儿。因此，我也想热烈一点，愚笨一点，也使我能真哭真笑。可是不成功。我没有可哭的事，我有一切我所需要的；我也不会狂喜，我不是三岁的小孩儿能被一件玩艺儿哄得跳着脚儿笑。我看父母，他们的悲喜也多半是假的，只在说话中用几个适当的字表示他们的情感，并不真动感情。有钱，天下已没有可悲的事；欲望容易满足，也就无从狂喜；他们微笑着表示出气度不凡与雍容大雅。可是我自己到底是个青年女郎，似乎至少也应当偶然愚傻一次，我太平淡无奇了。这样，我开始和同学们捣乱了，谁叫她们有哭有笑而我没有呢？我设法引诱她们的“朋友”，和她们争斗，希望因失败或成功而使我的感情运动运动。结果，女同学们真恨我了，而我还是觉不到什么重大的刺激。我太聪明了，开通了，一定是这样；可是几时我才能把心打开，觉到一点真的滋味呢？

二十六

我几乎有点着急了，我想我得闭上眼往水里跳一下，不再细细的思索，跳下去再说。哼，到了这个时节，也不知怎么了，男子不上我的套儿了。他们跟我敷衍，不更进一步使我尝着真的滋味，他们怕我。我真急了，我想哭一场；可是无缘无故的怎好哭呢？女同学们的哭都是有理由的。我怎能白白的不为什么而哭呢？况且，我要是真哭起来，恐怕也得不到同情，而只招她们暗笑。我不能丢这个脸。我真想不再读书了，不再和这群破同学们周旋了。

二十七

正在这个期间，家中已给我定了婚。我可真得细细思索一番了。我是个小姐——我开始想——小姐的将来是什么？这么一问我把许多男朋友从心中注销了。这些男朋友都不能维持住我——小姐——所希望的将来。我的将来必须与现在差不多，最好是比现在还好上一些。家中给找的人有这个能力；我的将来，假如我愿嫁他，可很保险的。可是爱呢？这可有点不好办。那群破女同学在许多事上不如我，可是在爱上或者足以向我夸口；我怎能在这一点上输给她们呢？假若她们知道我的婚姻是家中给定的，她们得怎样轻看我呢？这倒真不好办了！既无顶好的办法，我得退一步想了：倘若有个男子，既然可以给我爱，而且对将来的保障也还下得去，虽不能十分满意，我是不是该当下嫁他呢？这把小姐的身份与应有的享受牺牲了些，可是有爱足以抵补；说到归齐，我是位新式小姐呀。是的，可以这么办。可是，这么办，怎样对付家里呢？奋斗，对，奋斗！

二十八

我开始奋斗了，我是何等的强硬呢，强硬得使我自己可怜我自己了。家中的人也很强硬呀，我真没想到他们会能这么样。他们的态度使我怀疑我的身份了，他们一向是怕我的，为什么单在这件事上这么坚决呢？大概他们是并没有把我看在眼里，小事由着我，大事可得他们拿主意。这可使我真动了气。啊，我明白了点什么，我并不是像我所想的那么贵重。我的太阳没了光，忽然天昏地暗了。

二十九

怎办呢！我既是位小姐，又是个“新”小姐，这太难安排了。我好像被圈在个夹壁墙里了，没法儿转身。身份地位是必要的，爱也是必要的，没有哪样也不行。即使我肯舍去一样，我应当舍去哪个呢？我活了这么大，向来没有着过这样的急。我不能只为我打算，我得为“小姐”打算，我不是平常的女子。抛弃了我的身份，是对不起自己。我得勇敢，可不能装疯卖傻，我不能把自己放在危险的地方。那些男朋友都说爱我，可是哪一个能满足我所应当要的，必得要的呢？他们多数是学生，他们自己也不准知道他们的将来怎样；有一两个怪漂亮的助教也跟我不错，我能不能要个小小的助教？即使他们是教授，教授还不是一群穷酸？我应当，必须，对得起自己，把自己放在最高最美丽的地点。

三　十

奋斗了许多日子，我自动的停战了。家中给提的人家到底是合乎我的高尚的自尊的理想。除了欠着一点爱，别的都合适。爱，说回来，值多少钱一斤呢？我爽性不上学了，既怕同学们暗笑我，就躲开她们好了。她们有爱，爱把她们拉到泥塘里去！我才不那么傻。在家里，我很快乐，父母们对我也特别的好。我开始预备嫁衣。作好了，我偷偷的穿上看一看，戴上钻石的戒指与胸珠，确是足以压倒一切！我自傲幸而我机警，能见风转舵，使自己能成为最可羡慕的新娘子，能把一切女人压下去。假若我只为了那点爱，而随便和个穷汉结婚，头上只戴上一束纸花，手指套上个铜圈，头纱在地上拋着一尺多，我怎样活着，羞也羞死了！

三十一

自然我还不能完全忘掉那个无利于实际而怪好听的

字——爱。但是没法子再转过这个弯儿来。我只好拿这个当作一种牺牲，我自幼儿还没牺牲过什么，也该挑个没多大用处的东西扔出去了。况且要维持我的“新”还另有办法呢，只要有钱，我的服装，鞋袜，头发的样式，都足以作新女子的领袖。只要有钱，我可以去跳舞，交际，到最文明而热闹的地方去。钱使人有生趣，有身份，有实际的利益。我想象着结婚时的热闹与体面，婚后的娱乐与幸福，我的一生是在阳光下，永远不会有一小片黑云。我甚至于迷信了一些，觉得父母看宪书，择婚日，都是善意的，婚仪虽是新式的，可是择个吉日吉时也并没什么可反对的。他们是尽其所能的使我吉利顺当。我预备了一件红小袄，到婚期好穿在里面，以免身上太素淡了。

三十二

不能不承认我精明，我作对了！我的丈夫是个顶有身份，顶有财产，顶体面，而且顶有道德的人。他很精明，可是不肯自由结婚。他是少年老成，事业是新的，思想是新的，而愿意保守着旧道德。他的婚姻必须经过父母之命，媒妁之言，他要给胡闹的青年们立个好榜样，要挽回整个社会道德的堕落。他是二十世纪的孔孟，我们的结婚像片在各报纸上刊出来，差不多都有一些评论，说我们俩是挽救颓风的一对天使！我在良心上有点害羞了，我曾想过奋斗呢！曾经要求过爱的自由呢！幸而我转变的那么快，不然……

三十三

我的快乐增加了我的美丽，我觉得出全身发散着一种新的香味，我胖了一些，而更灵活，大气，我像一只彩凤！可是我并不专为自己的美丽而欣喜，丈夫的光荣也在我身上反映出去，到处我是最体面最有身份最被羡慕的太太。我随便说什么都有人爱听。在作小姐的时候，我的尊傲没有这么足；小姐是一股清泉，太太是一座开满了桃李的山。山是更稳固的，更大样的，更显明的，更有一定的形式与色彩的。我是一座春山，丈夫是阳光，射到山坡上，我腮上的桃花向阳光发笑，那些阳光是我一个人的。

三十四

可是我也必得说出来。我的快乐是对于我的光荣的欣赏，我像一朵阳光下的花，花知道什么是快乐吗？除了这点光荣，我必得说，我并没有从心里头感到什么可快活的。我的快活都在我见客人的时候，出门的时候，像只挂着帆，顺风而下的轻舟，在晴天碧海的中间儿。赶到我独自坐定的时候，我觉到点空虚，近于悲哀。我只好不常独自坐定，我把帆老挂起来，有阵风儿我便出去。我必须这样，免得万一我有点不满意的念头。我必须使人知道我快乐，好使人家羡慕我。还有呢，我必须谨慎一点，因为我的丈夫是讲道德的人，我不能得罪他而把他给我的光荣糟蹋了。我的光荣与身份值得用心看守着，可是因此我的快活有时候成为会变动的，像忽晴忽阴的天气，冷暖不定。不过，无论怎么说吧，我必须努力向前；后悔是没意思的，我顶好利用着风力把我的一生光美的度过去；我一开首总算已遇到顺风了，往前走就是了。

三十五

以前的事像离我很远了，我没想到能把它们这么快就忘掉。自从结婚那一天我仿佛忽然入了另一个世界，就像在个新地方酣睡似的，猛一睁眼，什么都是新的。及至过了相当时期，我又逐渐的把它们想起来，一个一个的，零散的，像拾起一些散在地上的珠子。赶到我把这些珠子又串起来，它们给我一些形容不出的情感，我不能再把这串珠子挂在项上，拿不出手来了。是的，我的丈夫的道德使我换了一对眼睛，用我这对新眼睛看，我几乎有点后悔从前是那样的狂放了。我纳闷，为什么他——一个社会上的柱石——要娶我呢？难道他不晓得我的行为吗？是，我知道，我的身份家庭足以配得上他，可是他不能不知道在学校里我是个浪漫皇后吧？我不肯问他，不问又难受。我并不怕他，我只是要明白明白。说真的，我不甚明白，他待我很好，可是我不甚明白他。他是个太阳，给我光明，而不使我摸到他。我在人群中，比在他面前更认识他；人们尊敬我，因为他们尊敬他；及至我俩坐在一处，没人提醒我或他的身份，我觉得很渺茫。在报纸上我常见到他的姓名，这个姓名最可爱；坐在他面前，我有时候忘了他是谁。他很客气，有礼貌，每每使我想到他是我的教师或什么保护人，而不是我的丈夫。在这种时节，似有一小片黑云掩住了太阳。

三十六

阳光要是常被掩住，春天也可以很阴惨。久而久之，我的快活的热度低降下来。是的，我得到了光荣，身份，丈夫；丈夫，我怎能只要个丈夫呢？我不是应当要个男子么？一个男子，哪怕是个顶粗莽的，打我骂我的男子呢，能把我压碎了，吻死的男子呢！我的丈夫只是个丈夫，他衣冠齐楚，谈吐风雅，是个最体面的杨四郎，或任何戏台上的穿绣袍的角色。他的行止言谈都是戏文儿。我这是一辈子的事呀！可是我不能马上改变态度，“太太”的地位是不好意思随便扔弃了的。不扔弃了吧，我又觉得空虚，生命是多么不易安排的东西呢！当我回到母家，大家是那么恭维我，我简直张不开口说什么。他们为我骄傲，我不能鼻一把泪一把像个受气的媳妇诉委屈，自己泄气。在娘家的时候我是小姐，现在我是姑奶奶，作小姐的时候我厉害，作姑奶奶的更得撑起架子。我母亲待我像个客人，我张不开口说什么。在我丈夫的家里呢，我更不能向谁说什么，我不能和女仆们谈心，我是太太。我什么也别说了，说出去只招人笑话；我的苦处须自己负着。是呀，我满可以冒险去把爱找到，但是我怎么对我母家与我的丈夫呢？我并不为他们生活着，可是我所有的光荣是他们给我的，因为他们给我光荣，我当初才服从他们，现在再反悔似乎不大合适吧？只有一条路给我留着呢，好好的作太太，不要想别的了。这是永远有阳光的一条路。

三十七

人到底是肉作的。我年轻，我美，我闲在，我应当把自己放在血肉的浓艳的香腻的旋风里，不能呆呆对着镜子，看着自己消灭在冰天雪地里。我应当从各方面丰富自己，我不是个尼姑。这么一想我管不了许多了。况且我若是能小心一点呢——我是有聪明的——或者一切都能得到，而出不了毛病。丈夫给我支持着身份，我自己再找到他所不能给我的，我便是个十全的女子了，这一辈子总算值得！小姐，太太，浪漫，享受，都是我的，都应当是我的；我不再迟疑了，再迟疑便对不起自己。我不害怕，我这是种冒险，牺牲；我怕什么呢？即使出了毛病，也是我吃亏，把我的身份降低，与父母丈夫都无关。自然，我不甘心丢失了身份，但是事情还没作，怎见得结果必定是坏的呢？精明而至于过虑便是愚蠢。饥鹰是不择食的。

三十八

我的海上又飘着花瓣了，点点星星暗示着远地的春光。像一只早春的蝴蝶，我顾盼着，寻求着，一些渺茫而又确定的花朵。这使我又想到作学生的时候的自由，愿意重述那种种小风流勾当。可是这次我更热烈一些，我已经在别方面成功，只缺这一样完成我的幸福。这必须得到，不准再落个空。我明白了点肉体需要什么，希望大量的增加，把一朵花完全打开，即使是个雹子也好，假如不能再细腻温柔一些，一朵花在暗中谢了是最可怜的。同时呢，我的身份也使我这次的寻求异于往日的，我须找到个地位比我的丈夫还高的，要快活便得登峰造极，我的爱须在水晶的宫殿里，花儿都是珊瑚。私事儿要作得最光荣，因为我不是平常人。

三十九

我预料着这不是什么难事，果然不是什么难事，我有眼光。一个粗莽的，俊美的，像团炸药样的贵人，被我捉住。他要我的一切，他要把我炸碎而后再收拾好，以便重新炸碎。我所缺乏的，一次就全补上了；可是我还需要第二次。我真哭真笑了，他野得像只老虎，使我不能安静。我必须全身颤动着，不论是跟他玩耍，还是与他争闹，我有时候完全把自已忘掉，完全焚烧在烈火里，然后我清醒过来，回味着创痛的甜美，像老兵谈战那样。他能一下子把我掷在天外，一下子又拉回我来贴着他的身。我晕在爱里，迷忽的在生命与死亡之间，梦似的看见全世界都是红花。我这才明白了什么是爱，爱是肉体的，野蛮的，力的，生死之间的。

四　十

这个实在的，可捉摸的爱，使我甚至于敢公开的向我的丈夫挑战了。我知道他的眼睛是尖的，我不怕，在他鼻子底下漂漂亮亮的走出去，去会我的爱人。我感谢他给我的身份，可是我不能不自己找到他所不能给的。我希望点吵闹，把生命更弄得火炽一些；我确是快乐得有点发疯了。奇怪，奇怪，他一声也不出。他仿佛暗示给我——“你作对了！”多么奇怪呢！他是讲道德的人呀！他这个办法减少了好多我的热烈；不吵不闹是多么没趣味呢！不久我就明白了，他升了官，那个贵人的力量。我明白了，他有道德，而缺乏最高的地位，正像我有身份而缺乏恋爱。因为我对自己的充实，而同时也充实了他，他不便言语。我的心反倒凉了，我没希望这个，简直没想到过这个。啊，我明白了，怨不得他这么有道德而娶我这个“皇后”呢，他早就有计划！我软倒在地上，这个真伤了我的心，我原来是个傀儡。我想脱身也不行了，我本打算偷偷的玩一会儿，敢情我得长期的伺候两个男子了。是呀，假如我愿意，我多有些男朋友岂不是可喜的事。我可不能听从别人的指挥。不能像妓女似的那么干，丈夫应当养着妻子，使妻子快乐；不应当利用妻子获得利禄——这不成体统，不是官派儿！

四十一

我可是想不出好办法来。设若我去质问丈夫，他满可以说，“我待你不错，你也得帮助我。”再急了，他简直可以说，“干吗当初嫁给我呢?”我辩论不过他。我断绝了那个贵人吧，也不行，贵人是我所喜爱的，我不能因要和丈夫赌气而把我的快乐打断。况且我即使冷淡了他，他很可以找上前来，向我索要他对我丈夫的恩惠的报酬。我已落在陷坑里了。我只好闭着眼混吧。好在呢，我的身份在外表上还是那么高贵，身体上呢，也得到满意的娱乐，算了吧。我只是不满意我的丈夫，他太小看我，把我当作个礼物送出去，我可是想不出办法惩治他。这点不满意，继而一想，可也许能给我更大的自由。我这么想了：他既是仗着我满足他的志愿，而我又没向他反抗，大概他也得明白以后我的行动是自由的了，他不能再管束我。这无论怎说，是公平的吧。好了，我没法惩治他，也不便惩治他了，我自由行动就是了。焉知我自由行动的结果不叫他再高升一步呢！我笑了，这倒是个办法，我又在晴美的阳光中生活着了。

四十二

没看见过榕树，可是见过榕树的图。若是那个图是正确的，我想我现在就是株榕树，每一个枝儿都能生根，变成另一株树，而不和老本完全分离开。我是位太太，可是我有许多的枝干，在别处生了根，我自己成了个爱之林。我的丈夫有时候到外面去演讲，提倡道德，我也坐在台上；他讲他的道德，我想我的计划。我觉得这非常的有趣。社会上都知道我的浪漫，可是这并不妨碍他们管我的丈夫叫作道德家。他们尊敬我的丈夫，同时也羡慕我，只要有身份与金钱，干什么也是好的；世界上没有什么对不对，我看出来了。

四十三

要是老这么下去，我想倒不错。可是事实老不和理想一致，好像不许人有理想似的。这使我恨这个世界，这个不许我有理想的世界。我的丈夫娶了姨太太。一个讲道德的人可以娶姨太太，嫖窑子；只要不自由恋爱与离婚就不违犯道德律。我早看明白了这个，所以并不因为这点事恨他。我所不放心的是我觉到一阵风，这阵风不好。我觉到我是往下坡路走了。怎么说呢，我想他绝不是为娶小而娶小，他必定另有作用。我已不是他升官发财的唯一工具了。他找来个生力军。假如这个女的能替他谋到更高的差事，我算完了事。我没法跟他吵，他办的名正言顺，娶妾是最正当不过的事。设若我跟他闹，他满可以翻脸无情，剥夺我的自由，他既是已不完全仗着我了。我自幼就想征服世界，啊，我的力量不过如是而已！我看得很清楚，所以不必去招瘪子吃[1]；我不管

① 招瘪子吃，招人讨厌，自讨没趣。

他，他也别管我，这是顶好的办法。家里坐不住，我出去消遣好了。

四十四

哼，我不能不信命运。在外边，我也碰了；我最爱的那个贵人不见我了。他另找到了爱人。这比我的丈夫娶妾给我的打击还大。我原来连一个男人也抓不住呀！这几年我相信我和男子要什么都能得到，我是顶聪明的女子。身份，地位，爱情，金钱，享受，都是我的；啊，现在，现在，这些都顺着手缝往下溜呢！我是老了么？不，我相信我还是很漂亮；服装打扮我也还是时尚的领导者。那么，是我的手段不够？不能呀，设若我的手段不高明，以前怎能有那样的成功呢？我的运气！太阳也有被黑云遮住的时候呀。是，我不要灰心，我将慢慢熬着，把这一步恶运走过去再讲。我不承认失败；只要我不慌，我的心老清楚，自会有办法。

四十五

但是，我到底还是作下了最愚蠢的事！在我独自思索的时候，我大概是动了点气。我想到了一篇电影：一个贵家的女郎，经过多少情海的风波，最后嫁了个乡村的平民，而得到顶高的快乐。村外有些小山，山上满是羽样的树叶，随风摆动。他们的小家庭面着山，门外有架蔓玫瑰，她在玫瑰架下作活，身旁坐着个长毛白猫，头儿随着她的手来回的动。他在山前耕作，她有时候放下手中的针线，立起来看看他。他工作回来，她已给预备好顶简单而清净的饭食，猫儿坐在桌上希冀着一点牛奶或肉屑。他们不多说话，可是眼神表现着深情……我忽然想到这个故事，而且借着气劲而想我自己也可以抛弃这一切劳心的事儿，华丽的衣服，而到那个山村去过那简单而甜美的生活。我明知这只是个无聊的故事，可是在生气的时候我信以为真有其事了。我想，只要我能遇到那个多情的少年，我一定不顾一切的跟了他去。这个，使我从记忆中掘出许多旧日的朋友来：他们都干什么呢？我甚至于想起那第一个爱人，那个伴郎，他作什么了？这些人好像已离开许多许多年了，当我想起他们来，他们都有极新鲜的面貌，像一群小孩，像春后的花草，我不由的想再见着他们，他们必至少能打开我的寂寞与悲哀，必能给生命一个新的转变。我想他们，好像想起幼年所喜吃的一件食物，如若能得到它，我必定能把青春再唤回来一些。想到这儿，我没再思索一下，便出去找他们了，即使找不到他们，找个与他们相似的也行；我要尝尝生命的另一方面，可以说是生命的素淡方面吧，我已吃腻了山珍海味。

四十六

我找到一个旧日的同学，虽然不是乡村的少年，可已经合乎我的理想了。他有个入钱不多的职业，他温柔，和蔼，亲热，绝不像我日常所接触的男人。他领我入了另一世界，

像是厌恶了跳舞场，而逛一回植物园那样新鲜有趣。他很小心，不敢和我太亲热了；同时我看出来，他也有点得意，好像穷人拾着一两块钱似的。我呢，也不愿太和他亲近了，只是拿他当一碟儿素菜，换换口味。可是，啵，我的愚蠢！这被我的丈夫看见了！他拿出我以为他绝不会的厉害来。我给他丢了脸，他说！我明白他的意思：我们阔人尽管乱七八糟，可是得有个范围；同等的人彼此可以交往，这个圈必得划清楚了！我犯了不可赦的罪过。

四十七

我失去了自由。遇到必须出头的时候，他把我带出去；用不着我的时候，他把我关在屋里。在大众面前，我还是太太；没人看着的时节，我是个囚犯。我开始学会了哭，以前没想到过我也会有哭的机会。可是哭有什么用呢！我得想主意。主意多了，最好的似乎是逃跑：放下一切，到村间或小城市去享受，像那个电影中玫瑰架下的女郎。可是，再一想，我怎能到那里去享受呢？我什么也不会呀！没有仆人，我连饭也吃不上，叫我逃跑，我也跑不了啊！

四十八

有了，离婚！离婚，和他要供给，那就没有可怕的了。脱离了他，而手中有钱，我的将来完全在自己的手中，爱怎着便可以怎着。想到这里，我马上办起来，看守我的仆人受了贿赂，给我找来律师。呦，我的胡涂！状子递上去了，报纸上宣扬起来，我的丈夫登时从最高的地方堕下来。他是提倡旧道德的人呀，我怎会忘了呢？离婚；呦！别的都不能打倒他，只有离婚！只有离婚！他所认识的贵人们，马上变了态度，不认识了他，也不认识了我。和我有过关系的人，一点也不责备我与他们的关系，现在恨起我来，我什么不可以作，单单必得离婚呢？我的母家与我断绝了关系。官司没有打，我的丈夫变成了个平民，官司也无须再打了，我丢了一切。假如我没有这一个举动，失了自由，而到底失不了身份啊，现在我什么也没有了。

四十九

事情还不止于此呢。我的丈夫倒下来，墙倒人推，大家开始控告他的劣迹了。贵人们看着他冷笑，没人来帮忙。我们的财产，到诉讼完结以后，已剩了不多。我还是不到三十岁的人哪，后半辈子怎么过呢？太阳不会再照着我了！我这样聪明，这样努力，结果竟会是这样，谁能相信呢！谁能想到呢！坐定了，我如同看着另一个人的样子，把我自己简略的，从实的，客观的，描写下来。有志的女郎们呀，看了我，你将知道怎样维持住你的身份，你宁可失了自由，也别弃掉你的身份。自由不会给你饭吃，控告了你的丈夫便是拆了你的粮库！我的将来只有回想过去的光荣，我失去了明天的阳光！